História, Região
&
Globalização

HISTÓRIA &... REFLEXÕES

Afonso de Alencastro Graça Filho

História, Região & Globalização

autêntica

Copyright © 2009 Afonso de Alencastro Graça Filho

COORDENADORES DA COLEÇÃO HISTÓRIA & ...REFLEXÕES
Eduardo França Paiva
Carla Maria Junho Anastasia

PROJETO GRÁFICO DE CAPA
Jairo Alvarenga Fonseca
Reprodução de quadro a óleo de João Quaglia. In: MARGUTTI, Mário (Org.). Quaglia: 50 anos de arte, a poética do silêncio. Rio de Janeiro: Paper Mill, 2002.

EDITORAÇÃO ELETRÔNICA
Luiz Flávio Pedrosa

REVISÃO
Dila Bragança

Revisado conforme o Novo Acordo Ortográfico.

Todos os direitos reservados pela Autêntica Editora. Nenhuma parte desta publicação poderá ser reproduzida, seja por meios mecânicos, eletrônicos, seja via cópia xerográfica, sem a autorização prévia da Editora.

AUTÊNTICA EDITORA LTDA.
Rua Aimorés, 981, 8° andar. Funcionários
30140-071. Belo Horizonte. MG
Tel: (55 31) 3222 68 19
Televendas: 0800 283 13 22
www.autenticaeditora.com.br

Dados Internacionais de Catalogação na Publicação (CIP)
(Câmara Brasileira do Livro)

Graça Filho, Afonso de Alencastro
   História, Região & Globalização / Afonso de Alencastro Graça Filho. – Belo Horizonte : Autêntica Editora, 2009. – (Coleção História &... Reflexões)

Bibliografia.
ISBN 978-85-7526-409-6

1. Geografia humana 2. Globalização 3. História - Filosofia 4. História - Metodologia 5. Historiografia 6. Regionalismo I. Título.

09-05912   CDD-907.2

Índices para catálogo sistemático:
1. História, religião e globalização   907.2

Ao meu filho Afonso Henrique,
que me ajudou nas imagens.

Sumário

INTRODUÇÃO 9

CAPÍTULO I
A geografia humana e a escola dos Annales 17

CAPÍTULO II
Substituindo a geografia:
outras proposições de delimitações regionais 25

    *A organização econômica do espaço regional:
o rural e o urbano* 25

    O espaço econômico e o mercado nacional 33

    *A região como parte da economia-mundo e
as novas geografias* 41

CAPÍTULO III
As formas de história regional e local 47

CAPÍTULO IV
Recriando a história regional pela micro-história 57

CAPÍTULO V
As fronteiras culturais e o mundo globalizado 63

CAPÍTULO VI
A crise das fronteiras políticas na globalização 83

CAPÍTULO VII
A globalização da nova geografia cultural e política 95

CONCLUSÕES 115

REFERÊNCIAS 119

Introdução

Definir a região a ser estudada é uma exigência para qualquer pesquisa histórica. À primeira vista, parece-nos uma questão de solução óbvia, pois bastaria a simples referência ao local do objeto escolhido pelo pesquisador. No entanto, torna-se um problema se o nosso objeto de estudo não possuir uma delimitação tão evidente ou não couber num recorte meramente local, como no caso de variáveis que devam ser abordadas regionalmente ou em dimensão nacional e mundial.

O refúgio do historiador, na maioria dos casos, acaba sendo a indicação territorial contida na própria documentação a ser pesquisada. Portanto, o pesquisador obedeceria ao recorte administrativo ou eclesiástico, no qual foi forjada a sua documentação. Mas, como veremos, é possível e necessário problematizar esse recorte fundado na burocracia de um Estado e, assim, justificar uma delimitação espacial mais coerente para o seu objeto de estudo.

Sempre é bom lembrar que não existe uma objetividade do espaço subjacente à construção do discurso do historiador. Michel de Certeau considerava fundamental para a escrita da História a relação entre espaço e tempo, forjada pelo próprio historiador. A escolha do espaço não é inocente, mas uma decisão que exclui relatos e documentos a partir da delimitação das fronteiras espaciais do seu objeto. O historiador é quem determina o espaço e o tempo de sua narrativa (CERTEAU, 1982). O debate a respeito da variável espacial transcende a preocupação utilitária do pesquisador e deve ser expandida para a própria teorização da relação entre região com outros espaços que a englobam, como o país, a nação ou o mundo. Nesse ponto, a análise comparativa pode tentar elucidar e delimitar as diferenças entre as regiões que compõem uma ou mais totalidades. Por exemplo, colocar em evidência as distinções que formam as regiões do recorte administrativo, como a de uma província, comarca, estado da federação, e suas relações com a nação e o mundo.

O historiador Jacques Le Goff também é categórico ao afirmar que a história desenrola-se sempre nos lugares, no espaço. Assim, tanto quanto às datas e aos tempos, devemos estar atentos a essa característica fundamental da história. O espaço não seria uma variável inerte, mas tanto produziria a história "quanto é modificado e construído por ela" (LE GOFF, 2006, p. 201). E um dos elementos espaciais dessa interação e transformação é a dualidade centro e periferia. Essa dualidade pode ser transposta para o binômio cidade-campo ou economias centrais e periféricas, que discutiremos mais à frente.

Pensar o espaço nos leva a várias questões, e subsiste uma antiga polêmica, que provocou as inteligências desde os tempos imemoriais até nossos dias, seja na moderna teoria dos conjuntos, seja na recente teoria dos fractais: as relações entre a parte e o todo.

Na definição aristotélica, ao todo não deve faltar nenhuma das partes, e as partes por sua vez constituem unidades. Para Platão, um todo pode ser um conjunto sem partes separáveis, relacionadas de forma organicamente coesa, diferentemente de uma totalidade qualquer, que é a mera soma de partes. O todo, portanto, não é apenas o somatório das partes; é um organismo próprio que possui nessa reunião uma qualidade particular.

No século XVII, o filósofo Leibniz tentaria definir a parte indivisível de toda matéria, que seriam as mônadas constituintes do todo. Uma questão difícil para o historiador: definir qual o território indivisível de seu fenômeno abordado.

Sem querer reproduzir um quadro amplo dessa discussão e definições no campo filosófico, podemos arrematá-la com as observações do matemático russo Georg Cantor (1845-1918), fundador da teoria do conjunto. Na teoria do conjunto, a parte é reconhecida como componente de um conjunto sem contradição, formando uma multiplicidade coerente. Diferente da totalidade que, por conter partes contraditórias, não é um conjunto. Como unidade, um conjunto pode ser elemento de outro conjunto.

Do ponto de vista do conceito de região, se a considerarmos como parte ou unidade de um todo ou conjunto coerente, a sua delimitação abrigará uma unidade específica, que poderá estar na interseção de conjuntos diferentes ou não. Dessa forma, uma região, no sentido de parte de um todo, precisará ser definida por uma especificidade que a torna distinta do espaço contíguo. Os elementos que tornam uma região exclusiva podem estar abrigados em conjuntos diversos, conforme a temática a ser estudada. Por exemplo, a característica industrial ou rural de uma região a insere em um desses conjuntos de regiões urbanas ou agrícolas. A mesma região poderia estar ou não na interseção do conjunto das cidades industriais ou áreas rurais com o das regiões servidas pelo transporte ferroviário ou dos produtores de determinada mercadoria. Poderíamos, assim por diante, acrescentar outros conjuntos em interseção com o primeiro. Dessa maneira, verificaríamos uma multiplicidade de elementos, que constituiria o caráter específico de um território observado, que é questão de maior dificuldade, como veremos.

Outro aspecto da discussão é o das relações de interação entre o todo e as partes. Não é possível conhecer o todo sem as partes, nem as partes sem o todo. Podemos nos alongar nesse debate sobre a possibilidade de uma visão holística da História, que nos remete à questão da micro-história e à necessidade de revisar os quadros teóricos totalizantes frente ao que se costumou chamar de "crise dos paradigmas", ou seja, das grandes narrativas ou concepções interpretativas da História Geral, como o marxismo ou o weberianismo. Trata-se da questão da generalização a partir das partes. Sabemos que a parte pode não ter todas as características do todo, a exemplo dos índices de mortalidade ou de crescimento econômico no Sudeste brasileiro, que não são os mesmos do País na média geral. E vice-versa, as características do todo não são encontráveis em todas as partes.

Além disso, ainda que nos atenhamos a um fato histórico como a menor delimitação espacial possível, ele pode ser considerado como o resultado de uma gama de intenções contraditórias, em que concorrem para a sua concretização fatores externos, inclusive transnacionais, inserindo-o numa totalidade. Esse é também um antigo problema, exposto pelo filósofo Kant (1724-1804): como as razões que determinam o curso da História são inteligíveis aos homens, a soma das ações humanas é imprevisível e só pode ser explicada posteriormente, a partir de um resultado, de forma teleológica. A resposta de Friedrich Engels a esse dilema do livre-arbítrio, caro ao pensamento iluminista, tomou a forma da teoria vetorial na conhecida Carta a Joseph Bloch, em 1890:

> [...] a história constrói-se de tal maneira que o resultado final se organiza sempre a partir dos conflitos de um grande número de vontades individuais, em que cada uma, por sua vez, se apresenta tal como é por uma multidão de condições particulares de existência; há nela inúmeras forças que se contrariam mutuamente, um grupo infinito de paralelogramos de forças, donde se liberta uma resultante –

o acontecimento histórico – que, por sua vez, pode ser encarada como o produto de uma força agindo como um todo, de forma inconsciente e cega. (MARX; ENGELS, 1976, p. 304)

No marxismo, a realidade não é homogênea nem totalmente incognoscível. Atuam na direção histórica as contradições sociais e econômicas, o que não torna a realidade previsível, mas resultado de forças em confronto, que unificam diferentes individualidades. A totalidade que envolve o acontecimento histórico influencia as partes, ao criar novas condições determinantes para os indivíduos. Assim, na teoria marxista, os modelos analíticos gerais (modo-produção, formação econômico-social) podem ser aplicados a realidades diversas, revelando as distintas condições estruturais determinantes e superestruturais.

A questão ainda pode ser encontrada na obra de Karl Popper, um tenaz opositor do marxismo e das teorias globalizantes em ciências sociais, por ele denominadas de historicismos. Volta-se ao problema da imprevisibilidade do todo. Próximo às ideias dos neopositivistas lógicos e aplicando a comparação com os métodos científicos das ciências naturais, Popper analisará a impossibilidade do conhecimento do todo nas ciências históricas. A História necessita ser seletiva, "sob a pena de ser avassalada por uma torrente de elementos sem significado e sem correlação" (POPPER, 1980, p. 117) que formam o passado. Não podem existir leis do movimento da sociedade, pois não existem leis como na física, mas tendências verificáveis em determinado local e momento. Assim, a História trabalharia com a explicação causal de eventos singulares.

É bem verdade que as ciências sociais não podem reproduzir suas experiências em laboratórios, com total controle das condições em que elas ocorrem num local, e que os métodos que adotamos, apesar de diferentes dos das ciências naturais, não deixam de possuir validade científica, partindo de abstrações e modelos teóricos coerentes.[1] Mas em discordância com o filósofo da ciência Karl Popper, tampouco isso seria impedimento para a análise histórica de uma série de eventos que guardem semelhanças entre si, buscando as causas de suas afinidades e diferenças.

Recentemente, vários historiadores também têm não apenas abandonado suas pretensões de estudos totalizantes dos quadros amplos da história geral, mas também privilegiado a redução da escala de observação, em que as variáveis atuantes podem ser mais bem estudadas com o intuito de promover a crítica das formulações generalizantes. Adiante, veremos com mais cuidado as propostas teóricas e metodológicas da micro-história em relação à história regional. Mas não seria inoportuno ressaltar que algumas delas preservam a possibilidade futura de quadros explicativos amplos, retificados pela incorporação de situações e fatos díspares dentro de teorias explicativas mais gerais.[2]

Antes disso, tentaremos reconstruir o desenvolvimento da discussão sobre região e história regional através das múltiplas proposições historiográficas, além da relação entre a geografia e a história. Veremos que o espaço é construído pelas preocupações que orientam o trabalho do historiador, e nenhuma delimitação se impõe, a princípio, de forma natural. Portanto, a coerência do recorte espacial precisa estar em sintonia com o objeto da pesquisa, pois ele determinará a amplitude de espaço a ser abrangido. Os critérios dessas escolhas espaciais se diferenciam conforme o objetivo do tema, seja ele de natureza econômica, política, cultural, seja de outra espécie. Assim, teremos um espaço orientado

---

[1] A pretensão de se alcançar uma cientificidade equivalente à das ciências físicas parece abandonada por boa parte dos historiadores, ainda que a recusa a toda e qualquer objetividade na história seja uma posição minoritária na atualidade. Ver IGGERS (1998); CHARTIER (2002, p. 81-100); GINZBURG (2007 [particularmente, cap. 11 e Apêndice]); CARDOSO (2005 [especialmente, cap. 3]).

[2] Ver REVEL (1998, p. 21-23).

por elementos econômicos, como o mercado, ou um espaço definido ora por uma prática cultural característica de uma região, ora pelo âmbito regional de influência política de determinada localidade ou partido. Importa, aqui, pensar o recorte espacial como uma variável que seja incorporada na análise do objeto de pesquisa.

Não nos escapou a inserção do local e da região no debate da sociedade globalizada ou mundializada. Nesse ponto, proliferam os intérpretes e as proposições em todos os campos das ciências humanas e das ciências sociais. As análises podem enfatizar as dimensões culturais do processo de globalização/mundialização ou as novas condições materiais e suas consequências para a reorganização das sociedades. O debate se tornou multidisciplinar, e podemos dizer que não é privilégio de nenhuma área especializada do conhecimento científico. Isso importa numa profusão de escritos que desafia a tenacidade de qualquer síntese. Nosso intento se resumiu na reflexão sobre a articulação entre o local e o global, na suposta crise das identidades nacionais e do estado moderno. Assim, convidamos o leitor a uma eclética abordagem das dimensões regionais na História e na atualidade.

CAPÍTULO I

A geografia humana e a escola dos Annales

Para os historiadores, a problematização do recorte regional só ganhou maior destaque com as contribuições da geografia humana de Vidal de la Blache (1845-1918) e seus seguidores. Aqui, as discussões sobre a parte e o todo se tornam aplicações para a análise de um espaço geográfico e humano, que precisa ser especificado em sua natureza única. As relações entre o todo e a parte estão inseridas num espaço que deverá considerar obrigatoriamente as dimensões históricas da ação humana em um determinado meio geográfico.

Não se trata apenas de traçar as fronteiras geográficas de uma região através de seu relevo físico, mas de saber a relação que a parte estudada guarda com o conjunto ou totalidade à qual pertence. Em outras palavras, o que o estudo regional ou local pode revelar sobre o país ou o mundo?

Foram vários os caminhos apontados para o primeiro passo da equação – a definição das fronteiras de uma região. Podemos começar a descrevê-los pela crença numa unidade territorial baseada no critério meramente geográfico ou natural.

Ao final do século XVIII apareceria a noção de "região natural", que se contrapunha à divisão territorial da geografia administrativa, com suas comarcas, departamentos, municípios, distritos, vilas etc.

Tratava-se de uma operação intelectual de identificação da individualidade geográfica por meio de sua morfologia, a ser estabelecida pela descrição científica do meio natural, do solo e clima. Tornava-se fundamental a revelação da homogeneidade geográfica para se estabelecer as fronteiras de uma região.

À definição de região centrada no âmbito das características geográficas, Vidal de la Blache e seus seguidores acrescentaram a compreensão de que o meio geográfico é alterado pela ação dos homens e que possuiria uma dinâmica histórica.[1] O reconhecimento da historicidade da geografia aproximou-os dos historiadores, em particular dos fundadores da chamada Escola dos Annales, os historiadores Marc Bloch e Lucien Febvre, defensores da história problematizante e, com grande destaque, na geo-história de longa duração de Fernand Braudel.

Lucien Febvre, em seu livro *La Terre et l'évolution humaine*, influenciado pela escola vidaliana adotou a noção de "região natural", descartando a de "geografia administrativa". O espaço geográfico adquire uma personalidade ímpar, de originalidade irredutível e de homogeneidade em contraposição ao recorte político-administrativo, resultante da arbitrariedade da organização do poder. Aqui, a região é uma individualidade natural, em que o meio físico interage com a ação dos grupos humanos, criando uma unidade espacial distinta. Nessa síntese, a intervenção humana é determinante na composição da paisagem geográfica, através das alterações que a exploração do solo, os cultivos, as relações de mercado, a industrialização e outras razões socioeconômicas transformam a natureza. De qualquer forma, a construção das fronteiras regionais não se assenta mais sobre configurações históricas da administração

---

[1] Chartier cita como exemplo a frase de J. Sion, na obra *Les Paysans de la Normandie orientale. Pays de Caux, Bray, Vexin normand, Vallée de la Seine*: "Do homem mais do que de sua natureza lhe vem sua unidade geográfica" (1909, p. 12). Ver CHARTIER, (2002. p. 211).

política dos territórios ou de aspectos culturais, como da língua e sentimentos de pertença.[2]

Essa geografia histórica abriu caminho para o resgate da monografia regional, que passa a ser defendida pelos fundadores dos Annales, postulando-se uma história-problema assentada em bases empíricas bem fundamentadas, cuja pesquisa só poderia chegar a um bom termo se restringisse a sua dimensão espacial diante das fontes disponíveis. Uma esperança de novos resultados com a aplicação do método comparativo totalizante/generalizante surgiria com o acúmulo dos estudos regionais. Assim, nos explicava Lucien Febvre (apud CHARTIER, 2002, p. 246):

> Quando tivermos novamente algumas boas monografias regionais novas, então, mas somente neste momento, agrupando seus dados, comparando-os, confrontando-os minuciosamente, poderemos retomar a questão global, levá-la a dar um passo novo e decisivo, ter êxito. Proceder de outro modo seria partir, munido de duas ou três ideias simples e grosseiras, para uma espécie de rápida excursão.

Marc Bloch faria a ressalva de que a preferência pelo estudo de ordem regional evitaria algumas dificuldades na execução da pesquisa histórica:

> Os documentos estão mais dispersos, e apesar de ser mais difícil estimar sua amplitude, por regra geral, serão mais abundantes e seu estudo correrá o risco de levar-lhe um pouco mais longe do que havia pensado a princípio. Suas fronteiras serão difíceis de determinar. (BLOCH, 1978, p. 48-49)

Mas não se trata apenas de uma questão de comodidade ou da profusão de fontes que a pesquisa regional poderia evitar,

---

[2] O debate sobre as fronteiras regionais na França não pode ser abstraído das conotações políticas, que o tornaram uma verdadeira obsessão da historiografia francesa pela ideia de território, como sublinhou REVEL (1989, p. 101-180). Sobre os aspectos políticos dessa discussão, ver também LE ROY LADURIE (1997, p. 487-494).

como percebe Roger Chartier (2002, p. 217), ao comentar a defesa de Lucien Febvre sobre as monografias regionais. A descrição regional seria mais apegada à diferença e às singularidades do que às relações estáveis e universais. O método comparativista de Febvre objetivava avaliar as variações entre regiões descritas em sua totalidade, realçando os aspectos particulares dentro de uma universalidade.

Nos fundadores dos Annales, o recorte regional segue a ideia de se precisar a identidade unitária de uma região, não restrita à delimitação administrativa de época ou atual, menos ainda de fronteiras naturais atemporais e perfeitamente bem-definidas, como assegurava Bloch (1978, p. 48-49):

> É absurdo aferrar-se a fronteiras administrativas do passado, como por exemplo, ao modo de certos eruditos, as das circunscrições eclesiásticas [...] É preciso que a zona escolhida tenha uma unidade real; não é necessário que tenha fronteiras naturais dessas que não existem senão na imaginação dos cartógrafos da velha escola.

Essa unidade da delimitação regional continuava a ter sua maior afinidade com a geografia, apesar de tomar em consideração elementos da experiência humana, dos cultivos, mercados, centros de poder administrativo e religioso, etc.

A ilusão de que uma região poderia ser distinguida objetivamente pelos critérios de uniformidade de relevo, da flora, da fauna, do clima e da evolução dos meios naturais logo se dissiparia. Essa delimitação pela morfologia da paisagem associada aos modos de intervenção humana enfrentaria as incertezas dos limites territoriais e a escala utilizada para individualizar os recortes espaciais. Começavam a ficar visíveis as dificuldades para se determinar as fronteiras de um território sem destruir a homogeneidade do conjunto que o engloba, ou seja, sem descaracterizar a suposta identidade geográfica das partes constituintes de uma região mais ampla em termos socioeconômicos, políticos ou culturais.

Esses questionamentos revelariam as limitações da geografia vidaliana. O próprio Lucien Febvre (*apud* CHARTIER, 2002, p. 222) falaria da asfixia da história regional pelas "monografias monografizantes" e da necessidade de harmonizar o "local" e o "universal". Para Febvre, como para Braudel, o verdadeiro objeto da pesquisa histórica não seria a região, mas o problema formulado pelo historiador.

Os sociólogos durkheimianos, tendo à frente François Simiand, condenariam a predominância do fator geográfico sobre o conjunto dos elementos materiais e mentais, que explicaria as causas de um fenômeno regional observado, restando à "ação essencial do meio físico" um papel de parte constitutiva, uma condição. Mais do que isso, reprovariam a reclusão da análise social ao âmbito da descrição regional:

> Limitar-se a uma região tão estreita é fechar a única via que permite distinguir entre as coincidências acidentais ou não influentes e as correlações verdadeiras, já que significa fechar a via de comparação entre conjuntos diferentes bastante numerosos; em matéria tão complexa, limitar-se a um único caso de observação é condenar-se de antemão a não poder provar nada. (SIMIAND *apud* CHARTIER, 2002, p. 213).

Não se tratava apenas de travar combate ao reducionismo simplificador do determinismo geográfico, já presente em Jean Bodin (1530-1596) ou em Montesquieu (1689-1755), resumido no aforismo "o meio faz o homem" do geógrafo Friedrich Ratzel, mas ressaltar a limitação dos estudos regionais para a análise comparativa totalizante dos fenômenos sociais, em que as particularidades regionais não seriam essenciais. Nessa perspectiva, a noção de região se torna fluida, imaginada a partir do problema a ser analisado, sem se ater à uniformidade irredutível da geografia.

Ao contrário de Simiand, como vimos, na história totalizante de Lucien Febvre a generalização deveria ser o ponto culminante da análise comparativa fundada em monografias regionais bem-definidas, apegadas mais às diferenças do que à repetição. A redução da escala de observação a uma região singular permitiria a percepção das variações e das particularidades dos fenômenos sociais, em vez da constatação *a priori* de leis gerais.

Roger Chartier nos chama a atenção para as exclusões forçadas pela objetividade regional dos geógrafos vidalianos. O recorte regional, ao se reduzir à paisagem geográfica, desconsiderou sem discutir, as antigas identidades do regionalismo, como a língua, a cultura e as relações com o poder central.

Para Chartier (2002, p. 222), o sucesso das monografias regionais na historiografia francesa parece se originar nas relações de poder no interior da comunidade acadêmica e no credo da singularidade regional, que contribuiu para manter a história como "uma disciplina mais descritiva do que conceptual, mais empírica do que teórica".

Foi a obra de Fernand Braudel que coroou essa empresa, em que o ambiente geográfico envolve os fatos históricos e sociais, apesar de não condicioná-los irremediavelmente, pois os homens podem superar as dificuldades do meio, do clima, dos relevos e dos solos. Essa história geográfica confunde-se com a temporalidade de longa duração, quase imóvel, estrutural, e a conjuntura episódica mal a afeta. No seu estudo sobre o *Mediterrâneo e o mundo mediterrâneo na época de Felipe II*, Braudel nos explica o uso dessa geografia humana:

> [...] a geografia deixa de ser um fim em si para converter-se em um meio; nos ajuda a recriar as mais lentas das realidades estruturais, a ver o todo em uma perspectiva segundo um ponto de fuga da duração mais ampla. Também a geografia pode, como a história, dar resposta a muitos indagadores. E em nosso caso, nos ajuda a descobrir o movimento quase imperceptível da história [...]. (BRAUDEL, 1981a, p. 27)

Essa obra de Braudel já apresenta um deslocamento em relação à noção de território modular, de pequena abrangência espacial, para uma vasta região de penínsulas e mares: o Mediterrâneo, formado pelos Bálcãs, a Ásia Menor, a África do Norte e a península Ibérica.

As lições de Lucien Febvre foram contempladas por outros seguidores sem ortodoxia, que adotaram espaços de natureza, tamanho e definição diversa, apesar de bens circunscritos. Chartier nos dá os exemplos das obras consagradas de Pierre Goubert, sobre a região de Beauvaisis, a de E. Le Roy Ladurie sobre a província de Languedoc e da de Pierre Vilar dedicada à nação, sufocada, da Catalunha. Com a característica comum de se dedicar, na longa duração, à abordagem das estruturas demográficas e socioeconômicas (BURKE, 1992, p. 71-78).

É dessa forma que Pierre Vilar sugere, como procedimento para a delimitação do objeto da história, a escolha de um território de qualquer natureza, podendo ser um Estado, uma região geograficamente típica ou mesmo uma simples região administrativa, "desde que ela apresente características físicas e administrativas suficientemente fortes para configurar uma unidade possível de ser observada" (D'ALESSIO, 1998, p. 69). Aqui, é a singularidade novamente que é evocada. Uma singularidade que não é somente fruto da geografia, mas um todo articulado numa forte unidade, especialmente da organização social da produção e suas contradições de classes sociais.

Mas essa singularidade sugerida por Vilar é uma construção do historiador, e nos parece sempre imprecisa, sendo seus critérios aleatórios, variando conforme a ênfase dada aos elementos tomados como organizadores do espaço.

CAPÍTULO II

Substituindo a geografia
Outras proposições de delimitações regionais

A organização econômica do espaço regional: o rural e o urbano

Outros critérios de recortes regionais foram aplicados no âmbito da economia. Na realidade, a abordagem econômica da região deu margem à construção do conceito de espaço econômico, bem mais vago e amplo do que a especificidade da região geográfica. O espaço econômico não obedece às fronteiras topográficas ou históricas, abrigando um conjunto de elementos econômicos unidos pelas relações de interdependência. Ele está alicerçado em critérios de áreas de mercado, fluxo de capitais, investimentos, rede de transportes e influência econômica das grandes cidades.

Uma das mais antigas teorizações sobre a organização do espaço econômico é a dos círculos concêntricos de J. H. von Thünen (1783-1850), com base nos custos de transporte das mercadorias. Admitindo-se que as mercadorias agrícolas são oferecidas num mercado de livre concorrência, a demanda determinaria uma sucessão de áreas cultivadas por tipo de produto, organizando racionalmente a distribuição espacial das produções agrícolas em função dos preços, do volume da produção, da perenidade da mercadoria e dos custos de transporte. Produtos com elevada produtividade por hectare, que apresentem dificuldades de transporte ou se deteriorem rapidamente, disputarão as áreas ao redor do mercado, representado pelo centro urbano. Exemplificando, segundo o autor, teríamos um primeiro cinturão interno, ocupado pelos hortigranjeiros e culturas intensivas; um segundo anel formado pela pomicultura e laticínios, seguido pelos círculos da produção de cereais e da pecuária, no seu extremo (WAIBEL, 1979; LINHARES, 1983, p. 745-762; LOPES, 1980).

A uniformidade da região deixa de ser apenas natural para se fazer por meio das trocas e fluxos do mercado.

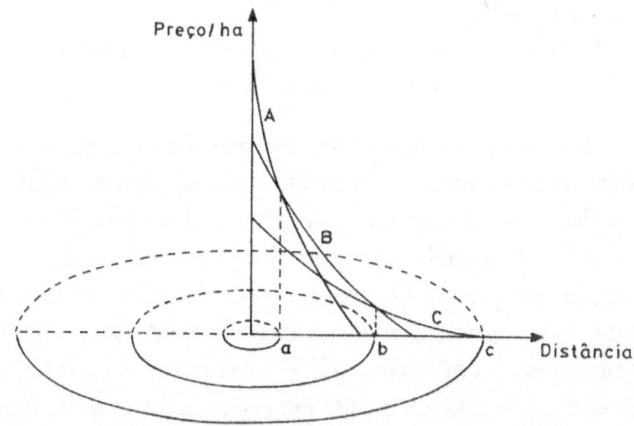

Gráfico 1 - A ocupação do solo conforme as curvas de possibilidades (Thünen)
Fonte: LOPES, 1980, p.164.

No GRAF. 1, as curvas de possibilidades da oferta de três produtos estão representadas hipoteticamente tomando-se os preços possíveis em relação aos custos de produção e à distância do centro urbano, considerando-se o espaço isotrópico, ou seja, com as mesmas propriedades físicas. A pecuária, por facilidade de deslocamento, ocuparia a área mais distante e menos valorizada, por ser extensiva no uso das terras. A horticultura e os produtos frescos teriam maior urgência em alcançar o mercado e uso mais intensivo da terra. Em comparação, os cereais, de plantação extensiva, teriam maior durabilidade para o consumo, podendo se situar em locais mais distantes. Essa configuração pode ser observada na realidade de algumas regiões, como na cidade do Rio de Janeiro no século XIX. Nota-se, na figura abaixo, a disposição dos tipos de plantio em relação ao centro urbano e comercial carioca conforme a distância:

Figura 1 - Aplicação dos círculos concêntricos de Thünen para o uso do solo no Rio de Janeiro, século XIX.

Fonte: mapa do autor.

Sem dúvida, é um modelo funcional e aplicável, porém seria razoável levar em consideração alguns questionamentos às causas da organização desse espaço de círculos concêntricos. Apesar de considerar o modelo espacial de J. H. von Thünen (1780-1851) aplicável a qualquer cidade, Fernand Braudel (1998, p. 28-29) critica o esquecimento dos burgos e das aldeias ou o mesmo o desenvolvimento industrial nas áreas contíguas das urbes, que relativizariam a dominação citadina. E mais importante: esse modelo explicativo subtrai a desigualdade nas trocas como fator determinante do domínio da cidade sobre o campo.

No entanto, nada disso invalida que possamos constatar o uso de uma racionalidade para a organização do espaço produtivo a partir do custo de transporte, que é a ideia central do modelo de Thünen.

Outro ponto importante que está implícito nessa organização da espacialidade é a distinção entre urbano e rural. Aliás, essa é uma contraposição básica para qualquer região ou estudo de uma localidade. Esse antagonismo que parece um paradoxo, nas palavras de Paul Bairoch (1986, p. 256-276), entre os dois modos de vida e sociedades, na realidade é uma relação de interdependência, sobretudo pelo excedente agrícola que possibilita o nascimento do fenômeno urbano. O próprio desenvolvimento urbano depende da produção agrícola e de seu transporte. Como pensava Max Weber (1964, p. 938-1046), as cidades são essencialmente centros de consumo.

O espaço urbano em geral é percebido pelos historiadores como o cenário onde se desenrola a ação social, o lugar do poder, das trocas, da cultura e onde o mundo moderno nasceu. É o local onde as confrontações, as tensões e os conflitos sociais eclodem (GALINIÉ; ROYO, 1995, p. 258).

Os estudiosos do urbanismo distinguem as cidades tradicionais das cidades modernas, que, a partir do século XIX, na Europa, se expandem e adquirem novas características, e o motor dessas transformações é inegavelmente a industrialização.

Comentando a relação entre a cidade antiga e o campo, o historiador H. I. Finley (1980, p.169-194) observa que os mercados urbanos inseridos em sociedades camponesas são frágeis e afetados pela prevalência da produção para o consumo doméstico dos gêneros básicos. Porém, as necessidades de uma cidade costumam ultrapassar a capacidade de fornecimento de suas cercanias.

As cidades europeias do Setecentos possuíam grande densidade populacional em relação ao seu tamanho diminuto. Paul Bairoch estima que boa parte das cidades europeias daquele século abrigava populações entre vinte a cinquenta mil pessoas, com uma ocupação média de 200 a 500 habitantes por hectares. Mas raras eram aquelas que ultrapassavam 200 mil pessoas. Em 1750, apenas 30 centros urbanos europeus superavam o limite de 100 mil habitantes. Na Inglaterra, somente em 31 cidades viviam populações de 5.000 a 10.000 seres, e no resto da Europa, elas somavam 331 urbes.

A expansão demográfica do século XIX, aliada às melhorias de transportes, alargou sem precedentes as fronteiras urbanas, tornando possível um deslocamento populacional para os arredores e os subúrbios. Com a ampliação considerável da área urbana, nos anos de 1970, a queda da densidade populacional urbana da Europa é demonstrativa dessa transformação, declinando para uma média bem inferior, de 10 a 15 habitantes por hectare (FINLEY, 1980, p. 262; VRIES, 1983, p. 198-210; WRIGLEY, 1992, p. 251). É claro que a verticalização do crescimento urbano, com as habitações em edifícios, torna essa paisagem bem heterogênea.

A cidade não é apenas um lugar de interações humanas como também possui uma geografia interna social e de seus ofícios. Lugar de intersecção entre os que procuram e oferecem eventualmente os serviços urbanos ou terciários, burocráticos ou religiosos. A cidade tradicional cresceu em torno dos seus marcos fundamentais, como a sede governamental, religiosa, a praça pública e o mercado. Os percursos essenciais eram facilmente transpostos a pé, como o deslocamento para o trabalho, a igreja ou o comércio, e as plantas baixas, mais valorizadas do que as áreas elevadas, de acesso mais penoso e para onde era empurrada a população mais pobre (HERLIHY, 1981, p. 111-143). A organização do espaço metropolitano é também discriminatória, com seus centros privilegiados e subúrbios.

Por suas dimensões exíguas, em comparação com as megalópoles atuais, a cidade tradicional estava mais próxima ao campo, exercendo múltiplas funções: comercial, industrial, cultural, administrativa etc. Não pode ser confundida com aglomerações de pessoas ou aldeias. Já na Grécia antiga se observava essa distinção, onde "uma 'cidade genuína' era um centro político e cultural", com sua definição estético-arquitetônica composta pelos prédios públicos, teatros, fontes de água, etc. (FINLEY, 1980, p. 170-171).

Ainda assim, para cidades pequenas, com menos de 20 mil habitantes, a fronteira entre o urbano e o rural é tênue. O campo ainda penetra na cidade de diversas formas, com pequenos terrenos cultivados dentro do perímetro urbano, chácaras, fazendolas e hortas em seus arredores (NOUSCHI, 1977, p. 60).

A paisagem das cidades brasileiras até fins do século XIX mantinha essa proximidade com o campo. Nas vizinhanças do centro urbano e comercial, onde a ocupação era mais adensada, podíamos avistar numerosas chácaras e pequenos sítios na zona intermediária com a propriamente rural. Mesmo no interior desse núcleo mais denso de habitações, não eram raras as queixas contra animais desgarrados e pocilgas, como às vezes apareciam nas queixas de jornais por moradores do centro do Rio de Janeiro.

A história urbana do Brasil tem suas peculiaridades. Em comparação com a função centralizadora e articuladora de largo alcance regional dos centros urbanos da América colonial hispânica, a rede urbana no Brasil foi bem mais modesta e limitada. A criação de uma malha de cidades subordinadas ao um polo urbano regional foi um fenômeno muito mais presente na América colonial espanhola do que na portuguesa (HOBERMAN; SOCOLOW, 1986, p. 20).

Antes da ocupação das Minas Gerais, afora a implantação dos centros portuários, como Rio de Janeiro, Salvador e Recife, o sistema colonial no Brasil inibiu a expansão urbana por um longo tempo.

A colonização portuguesa não usufruiu de uma estrutura urbana e de comunicações que a antecedesse, a exemplo do que havia entre os povos nativos da América espanhola.

O comércio colonial, localizado nos portos do litoral, o controle metropolitano, as precárias vias de transportes, o sistema de exploração das terras, marcado pelo latifúndio e a escravidão, concentrando a população nas lides rurais, estreitavam ainda mais as possibilidades da vida urbana e da expansão do trabalho livre, que caracteriza o cotidiano citadino (LINHARES; SILVA, 1981, p. 151-154; REIS FILHO, 1968; COSTA, 1985, p. 194-208).

Os grandes proprietários rurais tinham forte influência nas cidades coloniais brasileiras. Mantinham moradias nas urbes, se ausentavam do campo esporadicamente ou de forma permanente e participavam das câmaras municipais. As festividades urbanas uniam os moradores de ambos os mundos, quando senhores rurais e campônios se deslocavam para as moradias próprias, de parentes, hospedarias ou arranchavam nas proximidades do centro urbano.[1] Portanto, as linhas divisórias entre o meio rural e o urbano eram de difícil percepção.

As cidades coloniais devem ser vistas também como ligação entre o comércio externo e o interior. E aos poucos foram formando as suas comunidades mercantis, agregadas em ruas dedicadas aos diversos ramos de negócios, nas irmandades religiosas e nas instituições da categoria. Fortaleciam essas alianças o casamento endogâmico ou entre famílias do mesmo ofício (FRAGOSO, 2001; SOCOLON, 1991; GRAÇA FILHO, 2002; OLIVEIRA, 2005).

As cidades pré-capitalistas, sem a presença hegemônica do capital industrial, permitiram que se formassem grupos mercantis capazes de dominar a produção rural e urbana através dos diversos tipos de crédito, coexistindo com o comércio metropolitano. Mais uma vez, as relações entre o mundo rural e o urbano se estreitavam através do crédito e do comércio (CHIARAMONTE, 1991; HOBERMAN; SOCOLOW, 1986; FRAGOSO, 1992; BACELAR, 2001; GRAÇA FILHO, 2002).

---

[1] Viajantes diversos narraram esses encontros dos dois mundos nas festas religiosas ou cívicas. Exemplos dessas descrições podem ser recolhidos em SAINT-HILARIE (1975, p. 64) e CUNHA MATTOS (2004, p. 173-176).

Algumas conjunturas foram mais favoráveis ao desenvolvimento urbano na América portuguesa, especialmente a partir do século XVIII. A mineração aurífera ajudou a consolidar os povoados e os caminhos interligados ao seu abastecimento. E, apesar de ser uma atividade itinerante, serviu para assentar pequenas cidades espalhadas pelo território de Minas Gerais, com destaque para Vila Rica (Ouro Preto), São João del Rei, Mariana, Caeté, Sabará, Vila do Príncipe (Serro), Arraial do Tejuco (Diamantina). As reformas do período pombalino (1750-1777) também não deixaram de promover o comércio, fortalecendo o controle metropolitano e as antigas instituições na Colônia e, por consequência, revitalizando a sociedade urbana (LINHARES, 1981, p. 149-150; MARCÍLIO, 2000, p. 143-152).

A chegada da corte de D. João VI foi outro momento de forte impacto na vida urbana do País, especialmente do Rio de Janeiro, ao implantar uma nova burocracia de Estado e pôr abaixo as restrições coloniais na indústria, imprensa e nas ciências. A sede da corte alcançaria sua modernização nos serviços urbanos, nos transportes e nas indústrias, junto com as principais cidades do País, na segunda fase da industrialização europeia, com a importação de bens de capital, ferrovias, bondes elétricos, telégrafo, iluminação a gás e obras sanitárias. Crescia, assim, vigorosamente a população urbana nos maiores centros, atraindo as populações interioranas e imigrantes estrangeiros para as novas atividades dos setores terciário e de transformação (HOBERMAN; SOCOLOW, 1986; HAHNER, 1993; NEEDEL, 1993; BENCHIMOL, 1992).

Essas considerações servem de aviso ao pesquisador para o seu recorte espacial, pois diversos temas sofrem as influências do meio em que estão sendo enfocados, particularmente dentro dessa divisão básica urbano/rural, como no caso de hábitos culturais, organização política, atividades econômicas, modos de vida etc. Um exemplo bem simples, entre tantos outros, pode ser a diferença do escravismo na cidade e no eito.

Constata-se que os casamentos legítimos entre escravos eram mais comuns no meio rural, onde as chances de se conseguir um cônjuge eram maiores, e o matrimônio poderia melhorar as condições do casal no cativeiro. Já nas áreas urbanas os escravos gozavam de maior liberdade e de possibilidade de reunir pecúlios a partir de atividades "ao ganho" (FARIA, 1998; CASTRO, 1997; ALGRANTI, 1998; PAIVA, 2001).

O espaço econômico e o mercado nacional

Mais amplo do que uma região econômica encabeçada por uma cidade, o conceito de espaço econômico nos remete a uma larga extensão territorial onde se articulam variáveis econômicas diversas e atuantes formando um mercado interligado, composto por várias praças comerciais. O espaço econômico pode variar no tempo e no espaço. Sua homogeneidade de características físicas será sempre muito relativa, dependendo fundamentalmente do conjunto de variáveis econômicas, sociais, demográficas e naturais, que englobam as rotas do comércio. Quanto menor for o número dessas variáveis, mais fácil se torna a delimitação espacial, porém menos significante para a abordagem da realidade, pois se esvazia a sua importância econômica.

A noção de espaço econômico tem sido de grande utilidade em alguns trabalhos, como os dedicados às zonas mineradoras da América colonial espanhola. Essa historiografia tem reiterado que, ao redor dos centros mineradores, se formou um complexo econômico que integrava a mineração com as atividades agrícolas e da pecuária em escala regional. O estudo das fontes fiscais (especialmente o pagamento das alcabalas, imposto de consumo e circulação de mercadorias nas colônias espanholas) permitiu a percepção do movimento das mercadorias produzidas regionalmente num dado território e a baixa participação de produtos europeus em áreas como a região altoperuana de Potosi, entre os séculos XVII e XVIII.

As minas se tornavam o centro de polarização de todo o território ao redor, que concentrava seu povoamento e criava um rosário de vilas nas imediações, incentivando outras atividades, ranchos e fazendas que davam consistência a um mercado interno, inevitavelmente tendendo a se desprender dos ganhos imediatos do suprimento das atividades mineradoras. Isso foi observado na definição de espaço econômico do Alto Peru por Carlos Sempat Assadourian e para Nova Espanha (México), por Juan Carlos Garavaglia (ASSADOURIAN, 1982; CARAVAGLIA, 1991; CARAVAGLIA; GROSSO, 1987).

Esses dois autores também mostram que a constituição do espaço econômico é dinâmica, que também comporta desconstruções e reconstruções regionais conforme o ordenamento dos circuitos mercantis. O exemplo utilizado por Assadourian é a disputa pela captação dos mercados intermediários entre Buenos Aires e o Alto Peru, levando à perda gradual da capacidade de Lima de dominar comercialmente todo o espaço econômico ligado a Potosi, deixando de ser o centro mercantil principal do vice-reinado platense (ASSADOURIAN, 1972; CARAVAGLIA, 1987, p. 67-100).

A ideia de espaço econômico também pode ser vista na proposição do geógrafo Etienne Julliard, que supõe uma divisão do espaço em unidades funcionais, onde encontraríamos sucessivas zonas de influência, das pequenas às grandes cidades, "organizadoras de um determinado território sobre o qual pontificam" (BRAUDEL et al., 1987, p. 173).

A seleção do agrupamento de unidades regionais vizinhas que formam o espaço econômico deverá se pautar nas relações de interdependência, em que também se supõe a existência de um centro econômico e suas hierarquias. Na sua delimitação, as relações econômicas internas ao espaço econômico devem ser mais intensas do que com as demais áreas externas aos seus limites (LOPES, 1980, p. 31-42).

A ideia de um espaço polarizado foi explorada na década de 1930 pelo geógrafo Christaller e o economista Lösch. As metrópoles regionais devem a sua hierarquia à acessibilidade de seus bens e serviços e às clientelas que sustentam em sua zona de influência. Essa rede capitaneada pelo polo regional mais destacado envolveria centros de diversos níveis inferiores que formam a sua região complementar (RONCAYOLO, 1986), como na FIG. 2:

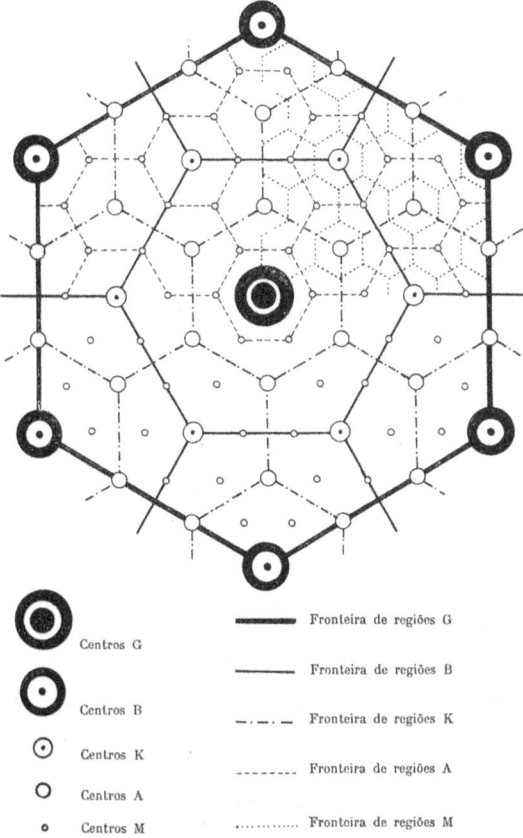

Figura 2 - O Modelo de Christaller, a hierarquização do espaço pelos centros econômicos.

Fonte: LOPES, 1980, p. 224.

O alcance territorial da liderança de um centro poderia ser medida hipoteticamente pela variação do preço de uma mercadoria conforme a distância em relação aos mercados consumidores. Quanto mais afastado o mercado de consumo, mais onerado pelos custos de transportes seria o preço da mercadoria, até um valor máximo que restringiria o seu consumo por se tornar exorbitante. Através da acessibilidade aos mercados consumidores, regulada pelos preços de suas mercadorias, poderíamos estabelecer a fronteira de um centro produtor.

De modo análogo, o historiador agrônomo Emilio Sereni considerava que num mercado regional a grande disparidade de preços entre locais indicaria os limites dessa integração (SERENI, 1980; LOPES, 1980, p. 218-235). O mercado integrado apresentaria uma homogeneidade nos níveis de preços das mercadorias entre suas praças componentes. O nivelamento dos preços seria uma característica do mercado nacional.

No Brasil, o surgimento do mercado nacional ou da integração do mercado interno, é uma questão pouco estudada, mas certamente não poderemos datá-lo antes de meados do século XIX, quando melhoraram as comunicações entre o Sudeste e as províncias mais afastadas do Norte e do Oeste, e as ferrovias fortaleceram a interligação entre o interior do País e os portos brasileiros.

Podemos, ainda assim, perceber a existência de mercados regionais que se configuraram ao longo da colonização, seja no Norte, seja no Sudeste, seja no Sul, que extrapolou os limites da América portuguesa, ainda que ligado ao Sudeste, envolvendo as regiões fronteiriças do Prata. De forma mais abrangente, temos um mercado atlântico, articulando áreas distintas do Império Luso durante o período colonial, através do comércio agroexportador e importador de escravos e manufaturados. O fato mais evidente de distanciamento das capitanias eram as fracas ligações político-administrativas entre elas e as sedes do vice-reinado, primeiro em Salvador e depois no Rio de Janeiro. Por exemplo, ainda nas proximidades de nossa independência política, a comunicação terrestre para Belém do Pará se fazia por um único caminho que se dirigia a São Luís do Maranhão.

Nesse período, os relatos sobre as dificuldades de acesso da região Centro-Oeste, por Minas Gerais podem ser encontrados na obra de viajantes como Raimundo José da Cunha Mattos ou nos relatórios do presidente da província mineira sobre o comércio de gado, em que são descritas paradas e picadas improvisadas em regiões inóspitas e desabitadas, sob ameaças de ataques indígenas.

Apesar da debilidade de comunicações, esses espaços econômicos díspares foram capazes de manter os antigos circuitos mercantis entre as regiões do Sul, do Sudeste e províncias do Nordeste e assimilar o Centro-Oeste, com a ocupação do interior adensada pela mineração aurífera.

A ação dos negociantes cariocas no eixo Sul data de antes da descoberta das jazidas em Minas, mas se recrudesceu com a nova demanda por escravos e mercadorias que o extrativismo mineral ampliou. Os caminhos do comércio de muares dos Campos Gerais, até a feira de Sorocaba, passam a se estender até as novas terras mineiras, assim como rotas de escravos e alimentos são implementadas pelos baianos e pelos cariocas, para atender as necessidades das lavras e empresas agrícolas de Minas. A posição central do Rio de Janeiro nessa fase da economia colonial e durante a cafeicultura, fortaleceu a navegação de cabotagem entre os principais portos da costa atlântica, formando um embrião de mercado de mercado interno interligado.

Entretanto, a premissa do mercado como base para a identificação de um polo regional pode resultar em equívocos para o historiador. O papel de vértice de uma região pode ser o resultado de processos políticos, e não do funcionamento do mercado. Isso sem deixarmos de acrescentar as modificações que a industrialização e o avanço dos transportes podem causar na dimensão e na importância das áreas de mercado no passar do tempo. Corre-se o risco de a hierarquização espacial encobrir também as especificidades das áreas subordinadas, reduzidas ao padrão do polo dominante.

A dimensão histórica é imprescindível para percebermos a configuração de uma região e seus polos. O historiador Jacques Le Goff (2006a, 2006b) considera que a cristandade medieval foi policêntrica, constituída por múltiplos e diversos centros, e o espaço, concebido como descontínuo e heterogêneo. Os principais instrumentos de organização do espaço medieval foram as cidades com seus lugares consagrados, como mosteiros, igrejas e santuários, bem como os castelos e suas linhagens, as aldeias e as paróquias. A paisagem medieval, para Jacques Le Goff, configuraria uma rede, com seus vários nós ligados pelo elemento dinâmico que são as estradas. O homem medieval fora essencialmente itinerante.

Le Goff faz questão de ressaltar as diferenças entre a cidade antiga (*polis*) e a cidade medieval, da qual emerge a cidade moderna, que guardará traços de sua antecessora até a Revolução Industrial.

A cidade medieval deixava de ser apenas um centro político e religioso oferecido à aristocracia fundiária de um território, como a cidade antiga, e fortaleceria sua comunidade urbana com as atividades mercantis e artesanais. A cidade medieval se afastara mais nitidamente dos campos das redondezas, dos quais dependia. Seria uma pequena concentração urbana fortificada em meio a vastas regiões pouco povoadas, organizada em torno do trabalho artesanal e do comércio, onde emerge o gosto pelos negócios, para o luxo, a beleza, que animam a monetarização de sua economia. Ela não está isolada completamente, mas situa-se no interior de uma malha de diferentes centros urbanos interligados. A industrialização só aprofundará esse distanciamento entre o urbano, subúrbios e as áreas rurais.

A desconsideração com a evolução histórica do espaço pode comprometer o esforço de uma pesquisa. Por exemplo, o IBGE, a partir de 1966, adotou uma regionalização com base em elementos da produção (tipo de atividade econômica predominante, população e elementos geográficos) que dividiu o País em 361 microrregiões (SILVA; LINHARES, 1995, p. 19-20). Porém, o caráter fixo e atual dessas microrregiões, sem levar em consideração o seu desenvolvimento passado, tornou esse mapeamento bastante questionável para os estudos históricos.

Para a história de Minas Gerais, a discussão sobre divisão regional tem sido estimulada pelos trabalhos demográficos e econômicos em resposta ao desafio da tão conhecida diversidade mineira. O caminho tomado pelos estudos, que não se guiaram pela divisão administrativa em comarcas, municípios e distritos ou pelas freguesias eclesiásticas, foi o de agrupar os dados históricos naquelas microrregiões do IBGE, por falta de divisões espaciais mais consistentes, como nos trabalhos de Roberto Martins (1980) e Douglas Libby (1988).

Recentemente, os trabalhos de Clotilde Paiva usaram como alternativas as características regionais observadas nos relatos de época, nos censos demográficos e nos documentos oficiais. Clotilde Paiva, num trabalho em parceria com Marcelo Godoy (2001, p. 479-515), criticou os critérios empregados até então para a regionalização espacial de Minas, em geral assentados em elementos parciais ou administrativos. E, como forma de captar as especificidades regionais, apresentou uma divisão da província em 18 microrregiões, com base nas descrições de viajantes sobre a economia e o comércio das localidades. Para efeito comparativo regional, esses autores elaboraram um índice de dinamismo comercial e econômico, por concentração de estabelecimentos mercantis, engenhos e escravos por habitantes, uma possibilidade que as fontes fiscais e os censos demográficos permitem.

Não restam dúvidas sobre a validade da proposta e de sua contribuição para a diferenciação regional em Minas. Ainda assim, algum ceticismo pode permanecer sobre a capacidade de observação desses viajantes e também sobre os arranjos regionais como os únicos possíveis, apesar de coerentes com as atividades econômicas observadas, o que nos impede de acreditar que essa seja a palavra final sobre o assunto, mas uma ferramenta útil para a observação das diferenças regionais em Minas.

O avanço dessas espacializações de base econômica parece depender de um maior conhecimento da estrutura agrária, dos plantios, de uma geografia minuciosa, dos níveis de renda, das rotas do mercado intraprovincial, entre outros fatores, como nos lembra Maria Yedda Linhares (1997, p. 172-173):

> [...] captar a heterogeneidade, as multiplicidades de enfoques e de fontes a serem exploradas sistematicamente, através de estudos monográficos realizados em nível regional [...] significa mapear a expansão da fronteira agrícola [...], conhecer os sistemas de uso e posse da terra e sua evolução no tempo, apreender as hierarquias sociais (estruturas ocupacionais, níveis de renda e fortuna), os movimentos demográficos, os cultivos, os solos, os climas, ou seja, as ações dos homens na transformação da paisagem, os processos de adaptação e de transformação do meio físico e as formas de organização social daí resultantes.

A lista é longa, e a tarefa se mostra extremamente complexa para qualquer historiador, além de parecer distante um consenso sobre os modelos de regionalização fundamentados nas atividades produtivas. Podemos dizer também que poucos historiadores se aventuraram a esmiuçar o relevo da área escolhida para seu estudo. Uma exceção no Brasil pode ser atribuída à Kátia Mattoso, que buscou subsídios nos estudos geológicos, dos regimes de chuva e das variações climáticas para a cidade de Salvador ligada ao recôncavo baiano (MATTOSO, 1978).

A região como parte da economia-mundo e as novas geografias

No âmbito da ciência econômica, a questão regional sempre foi considerada essencial para se planejar o desenvolvimento, particularmente das áreas periféricas ou subdesenvolvidas.

No Brasil, esse debate envolveu a formulação de políticas institucionais de desenvolvimento para eliminar as disparidades regionais através das superintendências para o desenvolvimento de macrorregiões do País a partir da década de 1950, com a Superintendência do Desenvolvimento do Nordeste (SUDENE), a Superintendência do Desenvolvimento da Amazônia (SUDAM) e a Superintendência do Desenvolvimento do Centro-Oeste (SUDECO).[2]

O conceito de região se convertera em discussão sobre o fluxo de capitais e investimentos, que, numa análise de orientação marxista, se insere na divisão internacional do trabalho, ou seja, do papel de cada país no movimento amplo de reprodução da economia mundial (SILVA; LINHARES, 1995, p. 17-26; SILVEIRA, 1990, p. 17-42; LIPIETZ, 1977; CASTELLS, 1972; LACOSTE, 1988). Francisco de Oliveira (1981, p. 29) aborda o conceito desse ponto de vista:

> Uma "região" seria, em suma, o espaço onde se imbricam dialeticamente uma forma especial de reprodução do capital, e por conseqüência uma forma especial da luta de classes, onde o econômico e o político se fusionam e assumem uma forma especial de aparecer no produto social e nos pressupostos da reposição.

Tal "região" seria distinta pela articulação das formas de reprodução do capital, ou seja, dos modos de produção; seria

---

[2] Um retrospecto crítico dessas políticas institucionais pode ser obtida em CANO (1985) e OLIVEIRA, F. (1981).

sobredeterminante e subordinadora das demais. Dessa forma, uma região em que o capital industrial comanda a reprodução do sistema econômico se diferenciaria de outra em que o capital mercantil liderasse, sem penetrar profundamente na produção.

A especificidade de uma "região" se completa com a sua inserção na economia nacional e na reprodução global do capital, onde revela as suas contradições sob a aparência de conflitos inter-regionais. Então, a dimensão política do conceito de "região" está envolvida com o sistema econômico na determinação das relações sociais de dominação. Uma região possui suas classes dominantes, capazes de rivalizar com as de suas concorrentes. Porém, a integração nacional e o capitalismo são forças que pressionam no sentido da dissolução das regiões, em favor da centralização do espaço econômico pela nação e o sistema mundial ou formação econômico-social. O resultado político é a suplantação da hegemonia das classes dominantes locais pelas de caráter nacional e internacional.

Cabe aqui o comentário de que os conceitos de modo de produção e formação econômico-social, que passaram a estar atrelados ao conceito de região, não deixaram de criar novas dificuldades para a delimitação territorial, por ser de difícil instrumentalização espacial (SILVA, F., 1995, p. 19).

Nessa linha de proposições de regionalizações fundamentadas nas contradições internacionais de classes, Yves Lacoste abre a possibilidade de múltiplas espacialidades em contraposição à noção de territorialidades unívocas e coerentes com fatores geográficos ou econômicos. Uma região pode estar na confluência de diversos conjuntos espaciais definidos conforme as variáveis selecionadas para análise. Ciro Flamarion considerou essa forma de relativizar a geografia uma transposição tardia da física einsteiniana contra o espaço absoluto, da constatação de que "existem espaços que só se configuram e podem ser definidos em função de seus conteúdos específicos" (LACOSTE, 1988; CARDOSO, 2005, p. 38).

Nos anos de 1980, ganhava força a renovação da geografia social. A revista *L'espace géographique*, editada pelo CNRS-Paris VIe, dedicaria um número especial sobre a geografia social, elencando como suas características: a oposição à geografia humana funcional, à submissão das relações sociais ao meio geográfico, ao quantitativismo técnico ou ao reducionismo às relações de produção. A geografia social parte da compreensão de que a organização espacial é estruturada pelas relações sociais. Ela reinsere a reflexão geográfica no contexto social global e das contradições sociais. A geografia social pretendia ser a resposta inovadora para os impasses do economicismo, do culturalismo ou de uma geografia política que deixava de considerar as interações globais da divisão do trabalho. Por exemplo, passava a se dedicar, de forma mais geral, à evolução das disparidades de nível de vida e emprego, o impacto espacial das modificações das estruturas industriais em conexão com as disparidades tecnológicas no mundo (L'ESPACE GÉOGRAPHIQUE, 1986).

Nos anos 1990, as ideias de Henri Lefebvre e Michel Foucault sobre a construção do espaço como parte do vivido, da reprodução social e como representação simbólica das práticas de poder, seriam resgatadas pela chamada geografia pós-moderna, trazendo um novo deslocamento do eixo de interesse para a disciplina.

Um de seus mais destacados representantes, o geógrafo norte-americano Edward W. Soja criticou a longa tradição do historicismo, entendido como a excessiva priorização do tempo na teoria social crítica "que obscureceu e periferaliza ativamente a imaginação geográfica ou espacial" (1993, p. 23). Sua indignação deriva também da apropriação do espaço como algo fixo, imóvel, morto e não dialético em contraposição ao tempo, que seria o revelador da vida. Segundo Soja, esse historicismo, identificado com toda a produção historiográfica que toma o espaço como imutável, se tornara insustentável diante da emergência de uma "era do espaço" ao final do século XX, quando o lugar passa a ser uma variável privilegiada e dinâmica na análise social.

Para essa nova geografia, aqui chamada de "pós-moderna", o espaço organizado não é uma estrutura separada do tempo, com um movimento próprio e isolado de construção e transformação, nem se reduz às determinações impostas pelas relações sociais de produção. O espaço é uma dimensão inseparável da investigação sobre a reprodução do sistema capitalista como um todo. A estrutura territorial de exploração e dominação é definida pela forças hegemônicas numa sociedade, mas que pressupõe tensões e conflitos na sua conformação no tempo. A geografia é um objeto político e ideológico, em que as transformações de seus elementos históricos e naturais foram operados por processos políticos.

Edward Soja parte em especial da obra de Henri Lefebvre, na qual se compreende que a organização do espaço é resultado de uma prática social deliberada e que precisa ser relacionada às demais estruturas de uma sociedade para que se torne um elemento-chave na explicação espacial e venha a esclarecer o controle da produção das espacialidades. A defesa dessa nova geografia é a crença de que o espaço ocupa uma posição central na reflexão social de nosso mundo globalizado, mais importante do que a temporalidade, apesar de não poder descartá-la.

Nessa geografia pós-moderna, a regionalização e o tema do espaço urbano/cidade são indissociáveis das relações sociais de produção, que no capitalismo tardio estão vinculadas à organização do espaço fragmentado, homogeneizado e hierarquicamente estruturado, com suas diferenciações de centros e periferias em escalas múltiplas e a ingerência estatal na vida cotidiana (Soja, 1993, p. 114-116).

É preciso ir além da descrição física e topográfica, pois o espaço é um produto material, como nos diz Manuel Castells (1972, p. 115), "a expressão concreta de cada conjunto histórico em que uma sociedade é especificada", e não o mero pano de fundo em que se inscrevem as ações humanas e institucionais, a partir das condições históricas herdadas. Podemos inferir que cada sociedade constrói a sua geografia com base nas relações sociais que são travadas e que conferem função e forma ao espaço.

Essa perspectiva geográfica implica claramente uma diluição das fronteiras disciplinares, em busca de sua inserção orgânica na teoria social crítica como um todo, na indissolubilidade das dimensões espaço-tempo. Em geral, os historiadores tendem a separar o espaço da dimensão social e subordiná-lo ao tempo. Um desses exemplos, entre outros, é a separação feita pelo historiador argentino Sergio Bagú entre espaço social e espaço físico.

Para Bagú, o espaço é organizado como o raio abrangente de operações sociais em que os seres humanos as praticam. Essas relações sociais ocupam um espaço que pode ser mínimo, como o do encontro de duas pessoas, ou amplo, como o mercado internacional de um produto que alcance áreas de todos os continentes. Esse espaço social repousa sobre outro espaço, que seria o físico. No entanto, Bagú reconhece que é difícil distinguirmos essas duas realidades espaciais, o mundo relacional e o mundo físico (1973, p. 113-114). No entender de Edward Soja, isso seria não só uma dificuldade, mas também uma mistificação, pois o mero lugar de encontro é um espaço indissociável do poder, como a geografia urbana com as suas divisões de bairros pobres e bairros ricos. Oferecer exemplos dessa geografia moldada pelas relações sociais e exercício do poder hegemônico não seria difícil na história brasileira. Basta lembrar a Revolta da Vacina (1904) no Rio de Janeiro ou das remoções de favelas nos centros urbanos.

Essa natureza política do espaço, como ressalta o geógrafo Milton Santos (2006), é constituída por um conjunto integrado de sistemas de objetos e ações. Os objetos são organizados pela ação intencional do homem, formando o somatório dos elementos técnicos criados em consonância com as condições geográficas. São frutos da tecnologia e da ciência (como as barragens, obras de irrigação, redes de comunicação, transportes, usinas hidroelétricas e indústrias) e operacionalizam a ação humana, aspirando superar a própria natureza, que aqui ocupa pouca importância por ser sempre remodelada. Na escala global, não existe um tempo e um espaço homogêneos, pois a evolução dos objetos e da ação técnica é desigual entre os povos, fruto do processo histórico. Na globalização do espaço, esses conjuntos heterogêneos de subespaços são subordinados a um centro hegemônico mundial. O espaço da globalização é um mundo desigual integrado por redes mundializadas.

A nova geografia busca localizar o regional ou o local dentro de uma rede de poder que entrecruza os segmentos espaciais e forma o conjunto de áreas hierarquicamente integradas ao movimento maior da circulação de bens e informações que rege a globalização, com a sua capacidade de inclusão e de exclusão de áreas ao seu movimento expansionista.

O novo espaço que surge ultrapassa o critério de características semelhantes por coabitação dentro de um espaço geográfico específico. A nova rede se forma através da circulação e do acesso às informações padronizadoras do mercado, independentemente do local de habitação. O espaço geográfico se torna uma unidade de diversidades, fundindo as diferenças geográficas e humanas num mundo que tende à padronização, mas em que podemos encontrar ainda a tensão entre o regional/local e os padrões culturais difundidos globalmente pelo centro do capitalismo. Essa padronização pela técnica e o acesso diferenciado aos bens mundializados pelos centros dominantes não deixam de ser constitutivos de desigualdades nas sociedades atuais (SOJA, 1993; MOREIRA, 2006; HARVEY, 1992, p. 196-218).

Voltaremos ao tema da globalização mais adiante.

CAPÍTULO III

As formas de história regional e local

Os estudos regionais ou locais possuem uma longa tradição na historiografia francesa e cresceram consideravelmente durante o século XIX, através dos institutos e das sociedades de eruditos e leigos, interessados nas tradições históricas locais. No Brasil, os institutos e as sociedades de estudos históricos ainda sobrevivem em diversas localidades, a exemplo do Instituto Histórico e Geográfico Brasileiro (IHGB), criado em 1838, no Rio de Janeiro. Geralmente afastados das preocupações acadêmicas e muitas vezes vinculados à vida política municipal, dedicaram-se à biografia dos filhos ilustres e ao registro dos fatos memoráveis de suas cidades ou estados.

Esse orgulho da terra natal era compreensível. O homem do século XIX, antes da evolução dos transportes pelas ferrovias e a navegação a vapor, sentia-se integrante de sua comunidade, pouco se afastando dela. Somente pequenos segmentos da sociedade poderiam não se reconhecer pertencentes a uma região ou local de nascimento. O Estado-Nação durante muito tempo não existira, e só as pessoas das camadas superiores e ilustradas da população, os clérigos, os grandes negociantes, os financistas, os burocratas, os juízes, além dos pedintes e dos andarilhos, se aventuravam a se deslocar muito além de onde nasceram (GOUBERT, p. 45-57, 1992).

A curiosidade pela história de suas cidades ou região estimulou estudiosos amadores, funcionários públicos, religiosos a escrever sobre as instituições locais, seus munícipes mais destacados e a cronologia dos episódios marcantes para as localidades. No Brasil, Amílcar Martins nos lembra que essa tradição dos estudos locais ficou registrada nas formas populares das corografias municipais, dos almanaques e das efemérides. De qualidade variável, esses trabalhos foram arrolados por Martins numa extensa lista para Minas Gerais, contemplando inumeráveis municípios (MARTINS FILHO, 2005).

Essas reminiscências locais não foram exclusivas de Minas. Ao contrário, rara é a localidade ou município que não cultive a sua memória histórica através de crônicas e arrolamento de seus principais feitos e particularidades, muitas vezes escritos de forma apologética.

Na Inglaterra, no início dos anos de 1960, a Escola da Universidade de Leicester defenderia a história local como saber legítimo motivado por nosso próprio vínculo com o passado através das famílias e comunidades (STONE, 1972, p. 315-320). Allan Lichtman e H. P. R Finberg, representantes dessa escola, apresentavam como argumento a existência de uma história particular a toda comunidade, tão válida ao saber quanto a história nacional. Porém, segundo essa corrente historiográfica, a história local é não parte ou fragmento desta última, mas um objeto com mérito próprio de estudo. Lichtman ainda ressalta a precisão da história local, capaz de revelar os detalhes mais finos e variados da experiência humana, corrigindo as generalizações apressadas que distorcem a realidade. Mas os "resultados da pesquisa local geralmente não permitem inferências além da amostra particular que está sendo examinada" (LICHTMAN; FRENCH *apud* MARTINS FILHO, 2005). Nesse ponto, a história local aqui advogada não se concilia muito com a tradição dos Annales, em que o acúmulo de monografias bem-definidas regionalmente serviria para assentar as generalizações em bases mais confiáveis.

Apesar do fortalecimento da história totalizante dos "Annales" após a Segunda Guerra Mundial, a história regional também persistiu como prática vitoriosa na historiografia francesa. A recuperação do prestígio da história local, na comunidade acadêmica, se deveu aos novos problemas e métodos de pesquisa que passaram a ser aplicados no âmbito regional. Michel Denis alinha três fatores de ordens diversas para a explicação desse fenômeno na França:

a) a necessidade de restrição do espaço de pesquisa para proceder às análises de longa duração ou de problemáticas que impliquem na abordagem de múltiplos aspectos da atividade humana;

b) a expansão das universidades nas províncias;

c) a emergência de uma sensibilidade regionalista entre os historiadores e no público em geral, em reação à alienação dos valores tradicionais ameaçados pelo progresso social. O êxodo rural, as mudanças nas lutas sociais que se deslocaram para a defesa dos interesses de grupos sociais específicos, considerados antes secundários à da luta de classes, e que despertaram a curiosidade pela cultura popular ameaçada, pela identidade nacional e pelas relações de poder entre o Estado e as províncias.

A abordagem regional permite aos pesquisadores uma amostragem mais aprofundada de seus temas, em que se pretende um rigor maior pelo cotejamento de dados variados. Esses estudos regionais contribuíram essencialmente para a evolução da historiografia francesa, revelando novas preocupações e corrigindo notavelmente a imagem do passado na França (DENIS, 1995, p. 187-200).

Essa nova história regional não deixou de ser influenciada pela Escola dos Annales, voltando-se para o homem comum e o conjunto da sociedade. Aplicando métodos quantitativos em suas investigações e contribuindo para o melhor conhecimento das realidades locais, a história regional serviu para revisar concepções gerais equivocadas.

Além disso, o avanço da demografia histórica com os trabalhos de Louis Henry, do grupo de Cambridge de Peter Laslett e da preocupação com a história da infância por Philippe Ariès, nos anos 1950 e 1960, animou o interesse pela reconstrução das famílias no interior das comunidades. A história da família, por contemplar o cotidiano que a envolve, se dirigiria particularmente à abordagem regional ou local.

Já Pierre Goubert atribuiu a revitalização da demografia histórica aos estudos locais e regionais na França, especialmente pelo reconhecimento dos negligenciados registros paroquiais como fonte imprescindível para as questões relacionadas à natalidade, mortalidade infantil, relações sexuais e casamentos.

Foi a partir dessas influências que os temas das mentalidades coletivas começaram a cativar o interesse de historiadores como Maurice Agulhon, Alain Corbin e Emmanuel Le Roy Ladurie, que utilizaram o recorte regional em seus estudos.

Nos *Paysans de Languedoc* (1966), Ladurie fará a história "imóvel" da sociedade rural francesa do Antigo Regime (séculos XIV-XVIII), com seu equilíbrio precário, abalado pelas oscilações violentas de fome, epidemias e guerras, que regulam os nascimentos e retardam os casamentos. Agulhon consagrou sua grande tese ao estudo da "sociabilidade meridional" no *départament du Var* (1970), através da observação do comportamento eleitoral e das atitudes políticas influenciadas pelas relações culturais travadas na vida pública e de grupo. Alain Corbin (1975), por sua vez, procurará explicar o comportamento político do eleitorado de Limousin como reflexo da influência psicológica das comunidades familiares ou locais, que se tornam centros difusores de ideias e sentimentos políticos.

Na tradição de Lucien Febvre, tanto para Pierre Goubert quanto para Pierre Vilar, a micro-observação poderia contribuir para o melhor conhecimento das estruturas de uma sociedade, pela análise comparativa e pelo acúmulo de monografias. A micro-observação pode revelar aspectos essenciais de uma estrutura global, apesar de o estudo monográfico ser sempre uma abordagem parcial de uma estrutura de maior amplitude, portanto a sua generalização deve ser controlada pela macroanálise (VILAR, 1980, p. 76-77).

O medievalista José Mattoso, numa comunicação em 1987, com a intenção de abordar de forma prática o tema da história regional, parte da simples vivências dos indivíduos, que, para subsistir, se associam em grupos que se alargam em novos conjuntos, até atingir as fronteiras daqueles que são desconhecidos ou inimigos.

O território não deixa de impor condições para a exploração dos recursos naturais e para a organização das pessoas que o habitam. As técnicas de exploração condicionam determinadas estruturas sociais e políticas. As vias de comunicação também são influenciadas pela geografia, e a urbanização depende delas. Portanto, a geografia distribui a população e os poderes sobre o espaço territorial.

José Mattoso é fiel à visão de Vidal de la Blache, de acordo com a qual as condições materiais do *habitat* humano formam um quadro de possibilidades que envolvem e limitam a ação do homem, que também é capaz de transformá-lo, não se limitando a consumir o que a natureza lhe oferece. Na geografia do poder, nos diz Mattoso, é conveniente observar que os poderes de origem militar, jurídico-administrativo, econômico e religioso podem não ser coincidentes em sua expressão territorial e não são estáticos: eles se articulam e evoluem (MATTOSO, 1997, p. 173). Nessa geografia de poderes cabem situações de conflito, acordos, sobreposições, justaposições, espaços neutros ou rebelados.

Esses avisos de Mattoso podem ser conferidos na simples constatação das divergências entre a divisão administrativa e a religiosa na documentação histórica do poder judiciário no Brasil. É comum percebermos o uso da divisão eclesiástica das freguesias, das paróquias, das aplicações, dos curatos na documentação cartorária se confundindo com a dos distritos e das pequenas localidades administrativas. Essas duas organizações do espaço administrativo não são idênticas. Nem sempre o chamado "termo" ou município administrativo abriga todos os distritos da freguesia eclesiástica. Esses limites eclesiásticos da chamada "igreja matriz" e suas freguesias ou do bispado podem ser mais abrangentes do que o alcance jurídico-administrativo do município ou da comarca, respectivamente. Essa dificuldade se junta à imprecisão da delimitação geográfica do poder judiciário e à crescente fragmentação da divisão das comarcas e municípios. Como um breve exemplo, podemos citar Minas Gerais, que no ano de 1835 tinha sua divisão administrativa descrita pelo relatório do presidente da província como formada por 9 comarcas, 26 termos e diversos distritos, "cujo número sobe ao de 420 mais ou menos, não podendo fixar-se com exatidão" (MARTINS, M. C., 2002, p. 53-54). A autoridade provincial evidencia nessa passagem o seu desconhecimento da totalidade de distritos mineiros. Isso pode ser atribuído à dimensão territorial da província, com áreas ainda pouco ocupadas ou virgens, mas também à volátil divisão administrativa de Minas. Logo, em 1855, a província já contava com 18 comarcas e, nos anos 1880, chegava a compreender 64 comarcas e 102 municípios ou termos. Essa mobilidade da demarcação administrativa serve como alerta aos pesquisadores, que muitas vezes se apegam à delimitação espacial presente no fundo documental a que se dedicam, correndo o risco de não perceber que esse espaço pode ter sido profundamente alterado no curso dos anos.

Outro exemplo, quando trabalhamos com a documentação eclesiástica, é que a área da freguesia sob a administração da matriz de uma vila pode ser diversa da abrangência da municipalidade. Por experiência de pesquisa, constatamos que os registros de batismos da matriz de São José del Rei (atual Tiradentes, em Minas Gerais), para a primeira metade do século XIX, cobrem um agregado de capelas bem inferior ao número de distritos desse mesmo município. Esse agrupamento das paróquias de uma matriz sofre desagregações no tempo tanto quanto as alternâncias da organização jurídico-administrativa (GRAÇA FILHO; LIBBY, 2003).

A precaução de acompanharmos temporalmente a divisão administrativa é impositiva para os estudos regionais, com relação à produção e ao depósito da documentação, especialmente para os trabalhos quantitativos, pois a contabilização dos dados pode sofrer variações importantes por motivo de separação ou acréscimo da jurisdição político-administrativa. Ou seja, ao circunscrever a pesquisa a um município, podemos encontrar variações nos somatórios dos dados que são originados da perda ou da soma de distritos pela reorganização municipal da comarca. Assim, poderemos ser induzidos a perceber uma queda ou crescimento populacional, econômico ou de criminalidade num município que apenas sofreu diminuição ou aumento do número de distritos que o formavam, e corremos o risco de generalizar a situação para toda uma comarca. Assim sendo, os estudos de dados seriados devem estar sempre munidos das informações sobre as divisões administrativas relativas à região selecionada ao longo do corte cronológico da pesquisa. Essas informações podem ser obtidas na própria documentação e nas fontes oficiais da época, nos relatórios de presidentes de província ou na coleção de leis provinciais, por meio das quais se determinavam essas mudanças de abrangência administrativa das comarcas, dos municípios e dos distritos.

Outro alerta do medievalista José Mattoso se refere à heterogeneidade do poder, sempre dividido em centros e periferias. Enfatiza que "todo poder tem a sua sede", e toda monografia regional e local não deve "ignorar a articulação da unidade estudada com áreas superiores a que pertence, sob pena de desprezar as intervenções externas e sua influência sobre o território considerado" (MATTOSO, 1997, p. 175).

Na atualidade, a questão da globalização cultural impôs a discussão do espaço cultural para o historiador, recuperando para o debate os temas da nação, a padronização cultural e as instituições de poder supranacionais. Por outra parte, nota-se certo desconforto com a cartografia das diferenças que guiava a pesquisa regional, centrada numa área geograficamente bem-delimitada (uma cidade, um país, uma região), como denunciou Roger Chartier. Os fenômenos culturais não estão restritos à territorialização de uma geografia física ou econômica. Uma pluralidade de apropriações e articulações culturais atravessa toda a sociedade, sem se deter nas determinações de classes sociais e territoriais que serviam de moldura para a análise cultural (CHARTIER, 2002, p. 61-80).

Ainda no início da década de 1970, o historiador Pierre Goubert (1992), fazendo um balanço da história regional, percebia um esgotamento das contribuições historiográficas na grande multiplicação acadêmica das monografias regionais, com a dificuldade de se obter uma síntese dessa produção e da falta de critérios metodológicos homogêneos para a análise comparativa que outros estudos similares, para paróquias vizinhas, poderiam permitir.

Essa era a perspectiva dos estudos regionais naquele momento, sem que Goubert deixasse de notar que muitas dessas monografias simplesmente confirmavam o que já era conhecido e pouco contribuíam para renovar as perspectivas de análise. Mas nem Goubert e outros historiadores quantitativistas anteviram a crise dessa maneira de conceber os estudos regionais de longa duração.

Essa perda de vitalidade da pesquisa regional e quantitativa ficaria mais evidente com a implosão dos grandes modelos explicativos nas ciências sociais. Para muitos, a história totalizante se tornou impossível, como na opinião de Walter Mignolo, dedicado aos estudos culturais:

> Pensar em uma história mundial ou na história universal é hoje uma tarefa impossível. Ou talvez sejam ambas possíveis, mas sem credibilidade. As histórias universais dos últimos quinhentos anos foram imbricadas em projetos globais. Hoje, as histórias locais estão assumindo o primeiro plano e, da mesma forma, revelando as histórias locais das quais emergem os projetos globais com seu ímpeto universal. Do projeto do Orbis universalis christianum, aos padrões de civilização na virada do século 20, até o projeto atual de globalização (mercado global), os projetos globais têm sido o projeto hegemônico para o gerenciamento do planeta... A atual impossibilidade ou falta de credibilidade de histórias universais ou mundiais não é postulada por uma teoria pós-moderna, mas pelas forças econômicas e sociais a que geralmente nos referimos como globalização e pela emergência de formas de conhecimento que foram subalternizadas nos últimos quinhentos anos, dentro dos projetos globais mencionados. (MIGNOLO, 2003, p. 46-47)

A partir de então, a Micro-História ganharia um maior relevo, acenando com a possibilidade de se reativar a história regional em outras bases. As suas origens são imprecisas, como nos narra um dos principais representantes dessa corrente historiográfica, Carlo Ginzburg, que ouviu a palavra "micro-história" pela primeira vez de seu colega Giovanni Levi entre 1977 e 1978. Algum tempo depois, ambos começariam a trabalhar numa coleção de estudos com o esse título, a coleção Micro-Histórias pela editora italiana Einaudi (GINZBURG, 2007, p. 249-279).

CAPÍTULO IV

Recriando a história regional pela micro-história

A primeira constatação que Giovanni Levi (1992, p. 133) faz sobre a micro-história é que se trata essencialmente de uma prática historiográfica, com referências teóricas ecléticas.

As dúvidas crescentes sobre os processos macro-históricos fortaleceram a "reconstrução micro-histórica", com a valorização do nome (indivíduo) como o fio condutor de investigações qualitativas do vivido (SERNA; PONS, 2000, p. 238). Essa redução de escala se origina não de vínculos de submissão aos questionários orientados por quadros teóricos macros, como se guiava a história regional, mas de casos "atípicos", chamados por Edoardo Grendi de "excepcional normal", que abrem caminhos para a interpretação de situações ocultas pela norma geral, possibilitando visualizar as suas contradições e incoerências. "Toda ação social", nos diz Levi (1992, p. 135), é o "resultado de uma constante negociação, manipulação, escolhas e decisões dos indivíduos, diante de uma realidade normativa, que, embora difusa, não obstante oferece muitas possibilidades de interpretações e liberdades pessoais".

A microanálise não pode ser entendida como uma mera redução da escala de observação. O recorte biográfico ou prosopográfico de um grupo social deve ser utilizado com o intuito de correção às generalizações totalizadoras e, assim, trazer para a cena aspectos relegados pela macro-história, como as estratégias sociais do cotidiano e suas possíveis motivações, tornando mais complexa a realidade histórica. Exerce, dessa forma, um papel revisor do conhecimento já assentado em quadros gerais.

Com razão, Pierre Vilar nos advertia de que os estudos de dimensões limitadas precisavam estar relacionados a um conjunto socioeconômico, com a totalidade referida ou macro-história, sob pena de, ao fragmentarmos a realidade de seu conjunto, nada explicarmos.[1] A micro-história não poderia cumprir seu papel crítico se não tomasse em consideração os modelos explicativos totalizantes, apesar da recusa explícita de Ginzburg (1991, p. 178) em verificar na microescala as regras traçadas pela macro-história, como até então se compreendia o sentido da pesquisa regional em colaboração com a construção da totalidade.

A micro-história representa uma reação ao anonimato do indivíduo e à exclusão do cotidiano pela história quantitativa da geração braudeliana de Adeline Daumard, François Furet, Pierre Vilar e de Pierre Goubert. Nessa recusa, abre as portas para outra percepção da pesquisa histórica local e regional, que, mesmo apegada ao particular, não deixa de contribuir para o conhecimento mais aprofundado do contexto histórico, com as suas múltiplas possibilidades, que podem acenar para uma futura síntese, como apregoa Giovanni Levi (1992, p. 158):

> A micro-história tenta não sacrificar o conhecimento dos elementos individuais a uma generalização mais ampla, e de fato acentua as vidas e os acontecimentos individuais. Mas, ao mesmo tempo, tenta não rejeitar todas as formas de abstração, pois fatos insignificantes e casos individuais podem servir para revelar um fenômeno mais geral.

---

[1] A advertência de Pierre Vilar foi feita numa entrevista a Jean Boutier, em abril de 1992. Cf. BOUTIER; JULIA (1995, p. 279-84).

Tampouco existe uma separação ou oposição irreconciliável entre o local e o global na microanálise, mas trata-se de recusar simplificações no estabelecimento de regularidades. Jacques Revel explica essa relação como uma redefinição da hierarquia rígida entre os variados níveis de observação, na qual a experiência microssocial possibilita perceber modulações particulares da história global. Ao contrário da monografia tradicional, que procura no âmbito do local a verificação de hipóteses gerais, a contextualização da microanálise insere os atores históricos em múltiplos contextos de dimensões e variáveis, do mais local ao mais global (REVEL, 1998, p. 27-28). Além disso, as escalas macrossocial e microssocial são partes efetivas da realidade histórica, cabendo ao historiador incorporar, no alcance de sua investigação, os universos sociais minúsculos que existiram e que a documentação arquivística permite resgatar (VAINFAS, 2002, p. 120). A diminuição de escala é também uma forma de o pesquisador lançar mão do maior número de informações possíveis sobre o seu objeto, seja uma biografia, sejam as prosopografias (biografias coletivas) de segmentos sociais.

Um exemplo elucidativo da relação entre os níveis da realidade na microanálise é dado por Revel, que se utiliza do trabalho de Giovanni Levi sobre a região de Santena para tratar da estruturação do Estado Moderno. Em fins do século XVII, o poder local se desagrega numa crise econômica, social e política, possibilitando a retomada da centralização do poder pelo Estado. As atitudes dos personagens locais foram diversas diante desse processo, tentando limitar ou compor, em meio ao seu grupo de pertencimento, com a lógica do poder central, suas instituições e práticas.

Não se trata de uma escolha de abordagem entre duas realidades históricas de Estado, uma "macro" e outra "micro". Isoladamente nenhuma é satisfatória como explicação do processo: ambas se interpenetram e formam um conjunto de níveis que precisam ser identificados e analisados, inclusive nas situações intermediárias aos dois extremos:

> A aposta da análise microssocial – e sua opção experimental – é que a experiência mais elementar, a do grupo restrito, e até mesmo do indivíduo, é a mais esclarecedora porque é a mais complexa e porque se inscreve no maior número de contextos diferentes. (REVEL, 1988, p. 32)

A delimitação espacial é um recurso bastante ressaltado pelo historiador Edoardo Grendi. Em sua obra, insiste na "consciência social do espaço" como desdobramento político das tensões entre as esferas que articulam centro e periferia na construção da soberania do Estado sobre um território e conjunto de uma comunidade regional, modelo também aplicado por Giovanni Levi no caso acima, de Santena. As escalas dos conflitos nos obrigam a múltiplos recortes dimensionais quando nos debruçamos sobre qualquer comunidade regional. As disputas pelo poder podem gerar oposições entre vilas, paróquias e no interior desses níveis administrativos. Estamos falando de um modelo de conflitualidade local em sucessivas escalas, com uma pluralidade de possibilidades de ações individuais:

> Podemos assim configurar uma série de níveis, uma escala que vai da informal assembléia dos cabeças de casa que se reúnem no oratório ou na praça, à universitas da paróquia, ao parlamento mais ou menos aberto: com freqüência, o nível sucessivo representa agregações territoriais diversas, cada uma mais incisiva que a anterior. Deriva daí um sistema de microconflitualidades territoriais que se apóiam sobre identidades plurais e, em certa medida, concorrentes. A identidade superior e inclusiva, de todo modo, é sempre uma construção, e como tal é submetida a tensões e cisões. (GRENDI *apud* LIMA, 2006, p. 212)

O procedimento do recorte topográfico proposto pela micro-história de Grendi se afasta de certos pressupostos da história agrária ou da abordagem geográfica da história regional mais comum. A reconstrução do território de estudo tem como prioridade a análise das relações sociais, das lutas em torno das fronteiras, das formas de possessão de bens, dos valores simbólicos de pertencimento a uma comunidade e de seus conflitos territoriais, que são exemplos de condutas culturais estreitamente associadas ao espaço, ao lugar, ao território (GRENDI, 1998, p. 256-257).

Essa noção de território como palco de poder e de conflitos sociais se aproxima das proposições da geografia pós-moderna de E. Soja, já mencionada.

A microanálise, através das biografias coletivas, pode refazer o procedimento da análise comparativa regional. O estudo de grupos restritos dentro das classes sociais de um país, como parte da elite econômica, de profissões ou do operariado, pode assentar as bases para a análise comparativa entre países ou regiões. Através do estudo comparativo de prosopografias, pode-se atingir o funcionamento das instituições de uma sociedade e das estratégias individuais frente à diversidade de condições materiais e culturais de cada ambiente, realçando as discrepâncias entre os grupos sociais comparados (CHARLE, 2006, p. 46-49).

Cabe, nesse particular, a observação de Giovanni Levi sobre a diferença entre a micro-história e um simples estudo de caso, em que a coesão de grupo não é questionada e é pressuposta através de identidades predeterminadas, como a cultura popular, as mentalidades e as classes. As lutas pelo poder e os conflitos sociais são analisados como se os agregados de grupos envolvidos não possuíssem clivagens ou pertencessem a uma sociedade fragmentada e conflitante. A especificidade da ação de cada indivíduo num agrupamento humano não pode ser tomada como irrelevante quando tratamos de temas como consciência de classe, solidariedade de grupo ou limites da dominação de poder. A biografia se torna pertinente e necessária para nuançar as distinções e os conflitos internos a um grupo social analisado, revelando suas formas coercitivas e os limites de liberdade que operam dentro dessa rede de coesão (LEVI, 2002, p.181-182).

As fronteiras culturais e o mundo globalizado

Uma nova noção de território é proclamada pelos teóricos da globalização. Desta vez, o problema parte do campo da cultura. Cultura talvez seja um dos conceitos mais amplos no interior das ciências humanas e sociais. Remete-nos a distintos campos do conhecimento e envolve outros conceitos, tais como a identidade, o campo do simbólico, a superestrutura, as mentalidades, etc.[1]

Como abordar as implicações derivadas do uso do conceito de cultura fugiria de nossos objetivos, nos limitaremos à referência entre o sentido de distinção de grupo ou nação e cultura globalizada. A primeira dificuldade é que, apesar de habitualmente relacionarmos cultura com um território geográfico, como sendo um fenômeno coletivo vinculado às relações sociais, os limites dessa demarcação de seu espaço físico são dificilmente precisos. A transnacionalização cultural, que guia a globalização, torna a cultura ainda mais integrada às redes sociais mais amplas, em termos espaciais ou de sua identificação territorial.

Para alguns analistas adeptos da abordagem de longa duração de Immanuel Wallerstein, essa mundialização tem seu

---

[1] Um histórico do conceito de cultura pode ser obtido em CARDOSO, 2005, p. 255-282. Ver também EAGLETON, 2005.

ponto de partida na expansão mercantil e marítima do século XVI, em que a economia-mundo capitalista começa a se propagar da Europa para todo o globo (WALLERSTEIN, 2002; ARRIGHI, 1996). Wallerstein, no entanto, separa a construção do sistema mundial capitalista da formulação de uma ideologia unificadora desse sistema, que chamou de "geocultura da modernidade", ou seja, o ocidentalismo liberal, que só ganharia coesão com a Revolução Francesa e a consolidação do Estado Moderno (WALLERSTEIN, 1999; 2002, p. 63-71).

No processo de mundialização econômica está embutida a interação cultural entre povos distintos. Um dos problemas mais controversos na atualidade é a definição das fronteiras e zonas de confluência entre culturas diversas. Essa temática ressurgiu com força na nova história cultural.

Demarcar fronteiras culturais num mundo globalizado implica perceber a formação das identidades nacionais, sua unificação na construção das nações e dos estados. As dificuldades que surgem do processo histórico de entrecruzamento de culturas, especialmente a partir da colonização europeia, deram margem às formulações conceituais de mestiçagem, hibridação, sincretismo, crioulização, entre outros, para o debate sobre a globalização cultural. O antropólogo Ulf Hannerz atenta para as implicações que o uso desses termos nos traz, já que não temos como precisar a convivência entre as partes nessas mesclas. Essas noções são de certa forma metafóricas ou provisórias, um tanto imprecisas ou ambíguas. O híbrido ou o mestiço são fenômenos culturais encontráveis em escalas diversas ao longo da história da humanidade e cada vez mais presentes na globalização.

A banalização dessas palavras e a imprecisão da ideia de "mistura" que esses vocábulos remetem podem implicar a noção de contaminação da pureza de uma cultura que se torna heterogênea, além de suscitar dúvidas ou rejeição de seu emprego nas ciências sociais. Assim a ideia de mistura contida nesses termos parece designar uma área de fronteira instável, mesclando culturas e civilizações tomadas como conjuntos bem definidos e distintos. Esses hibridismos, ao mesmo tempo que denotam a coexistência entre duas culturas, podem encerrar contradições e oposições entre as diferentes tradições, como na resistência de povos submetidos à colonização ocidental, em que a cultura local se apropria da cultura do colonizador para resistir ao processo de ocidentalização (HANNERZ, p. 39, 1997).

Sem descartar a utilidade desses conceitos-palavras num momento de construção dos referenciais teóricos para a análise da globalização, manteremos nossa atenção para o processo da fusão de culturas.

A questão das fronteiras culturais deve ser abordada com um aprofundamento teórico maior do que o inventário das diferenças linguísticas e a originalidade das manifestações culturais coletivas. Estudos antropológicos tentaram delimitar as regiões étnicas através da subordinação do espaço regional à área das práticas e representações culturais homogêneas de grupos tribais. No espaço antropológico, a identidade cultural, as relações sociais de um grupo e sua história coabitam um mesmo espaço geográfico. A simbolização do espaço é um recurso comum a todas as sociedades para se definirem como tais, para construírem sua identidade de grupo dentro de um espaço ocupado. Mas não devemos confundir essa simbolização com a realidade histórica nem tomá-la como expressão da unidade ou pureza cultural de um agrupamento social. "A singularização do fato étnico é ora o fato de uma empresa política sistemática, ora fruto de uma ilusão do exterior, particularmente do colonizador" (AUGÉ, 1999, p. 136).

A tradição antropológica (ou etnológica) ligou a simbolização do espaço à identidade e, necessariamente, à questão da alteridade, ou seja, ao inventário das características que diferencia um grupo social. Essa simbolização do espaço nasce da necessidade de organizar o território habitado em várias escalas e traçar as fronteiras dessa geografia étnica, que nunca é absoluta por princípio. Essa identidade de grupo se constrói por oposição a uma alteridade externa e em função das alteridades internas. Isto é, a organização do espaço, com suas habitações, divisões de zonas de moradias, do uso do solo e delimitação do território de identidade, realiza-se por diferenciação interna, como as das linhagens, de sexo e da hierarquia social. E externamente, pelo sentimento de pertencimento a um lugar de cultura distinta, onde os universos identitários atuam como fronteira perante as demais sociedades.

Para não cairmos na armadilha da identidade homogênea, que transforma as etnias em singularidades culturais, Marc Augé nos alerta para a complexidade pertinente a todo agrupamento étnico, que inclui a diversidade da trama social e das posições individuais em movimento no tempo e na convivência com outras culturas. A simbolização da identidade étnica comporta uma cultura partilhada em diversos níveis, seja pela coletividade (a identidade partilhada), seja por um grupo (identidade particular), seja por um indivíduo (identidade singular). Num mesmo espaço antropológico podem coexistir elementos singulares, o que não impede a existência de uma identidade partilhada em comum (AUGÉ, 1994, p. 50-53).

Conforme Marcel Roncayolo, a região étnica não deixaria de ser "mais do que uma forma – nem necessária, nem irreversível – da organização territorial" (1986, p. 170). A homogeneidade cultural é resultante de um sistema de relações historicamente mutáveis, além de conhecer limites variados de sua zona de influência, com movimentos de difusão, consolidação e regressão do espaço de povoamento. As mudanças nas variáveis demográficas, técnicas ou sociais podem alterar a coerência do sistema cultural e de sua inserção geográfica. Além disso, o desenvolvimento da organização territorial embaralha as evidências das unidades culturais, por causa do contato com outras experiências civilizatórias.

Ao alinhar essas ponderações dentro do conceito da região étnica, Marcel Roncayolo acaba por se convencer de que a delimitação espacial não pode ser determinada exclusivamente pela etnia e que é necessário buscar outros critérios para compô-la (1986, p. 170-171), embora isso não signifique que devamos negligenciar as formas étnicas de organização do espaço. Roncayolo nos recomenda prudência ao tomarmos qualquer forma de região ou regionalismo como um fenômeno natural ou dotado de razão própria. "A região não é mais do que uma noção histórica modelada pelas situações, os debates, os conflitos que caracterizam um período e lugar". É uma noção assaz imprecisa e dinâmica, como nos alerta esse autor. Essa imprecisão se reforça ao tentarmos traçar as fronteiras regionais de uma cultura.

Peter Burke nos relembra a aplicação do termo "fronteira cultural" por Fernand Braudel, particularmente interessado em zonas de resistência à expansão de tendências culturais, como a recusa de hábitos ocidentais por civilizações orientais ou os marcos geográficos que sinalizassem espaços culturais distintos, como o Reno e o Danúbio, que foram autarquias culturais desde os tempos da Roma Antiga até a Reforma (BURKE, 2005, p. 151-153).[2]

Para Braudel, a civilização é, em primeiro lugar, uma área cultural, o agrupamento coerente de um conjunto do repertório cultural. Essa área cultural tem um centro emanador e possui suas fronteiras e margens, onde as tensões e as

---

[2] As formulações braudelianas sobre a fronteira cultural foram retiradas por Burke da obra de Braudel *Os homens e a herança no Mediterrâneo*. Ver também BRAUDEL (1981b, p. 116-120).

disparidades se acentuam. Esse amplo espaço cultural reúne suas divisões, seus eixos e várias sociedades ou grupos sociais. Daí, sugere Braudel, a atenção à unidade cultural irredutível (1981, p.116-117).

Entretanto, o antropólogo norueguês, Fredrik Barth, acertadamente nos propõe uma mudança de enfoque no estudo das identidades étnicas. Ao contrário da preocupação com o estabelecimento das descontinuidades para traçarmos uma fronteira entre culturas, Barth desloca o enfoque para análise das relações dinâmicas entre culturas diferentes e o processo de exclusão e incorporação de valores culturais. Assim, as fronteiras de cunho geográfico podem ter ou não correspondência com o espaço cultural de um grupo étnico. O mais importante é sabermos diferenciar as adaptações ou os acréscimos que os contatos com uma cultura alheia trazem para um grupo humano e o que permanece como traço distintivo dele nesse processo dinâmico, configurando uma "fronteira étnica" dentro de um conjunto cultural mais amplo e, muitas vezes, aparentemente homogêneo. A mudança de abordagem é o reconhecimento do autor de que é quase impossível a existência de agrupamentos humanos totalmente isolados ou culturas cristalizadas no tempo. Não é o território de deslocamento de um grupo humano que traça as suas fronteiras culturais, mas o que resiste como identidade de grupo, sem eliminarmos as modificações assimiladas nas interações com outras culturas. A fronteira étnica persiste no conjunto limitado de características culturais que a mantêm, mas que também podem sofrer transformações sem que se rompa totalmente com sua identidade básica (BARTH, 2000, p. 25-68).

Esse ponto do debate tem uma aplicação prática no assunto ainda nebuloso das etnias africanas no Brasil escravista. Os historiadores voltados a esse problema começam a problematizá-lo de maneira parecida com a proposta de Barth. Se a identidade cultural de origem africana se mescla com outras na travessia, conforme Sidney Mintz e Richard Price, no cativeiro ela continuará sendo reelaborada. Isso invalida os esforços feitos na procura das raízes culturais puras na África, como uma forma de classificar as identidades étnicas dos escravos no Brasil. Mariza de Carvalho Soares sugere que se utilize a designação de grupo de procedência, em vez de grupo étnico. O grupo de procedência parte da compreensão de que as instituições escravistas do império luso criam as designações em uso na documentação colonial. Essas designações étnicas podem variar regionalmente e no tempo:

> Dessa forma, um grupo de procedência denominado "mina" no Rio de Janeiro não é necessariamente idêntico ao designado "mina" na Bahia, em Pernambuco ou no Maranhão. Também o que é designado "mina" no Rio de Janeiro no século XVIII pode diferir do que, na mesma cidade, é designado "mina" no século XIX. Tais diferenças são conseqüência dos diferentes arranjos entre os pequenos grupos étnicos no interior de cada nação, em cada cidade, em cada época, em cada situação específica. (SOARES, 2000, p. 116-117)

Ainda sobre a questão do encontro de culturas, nem sempre o processo pode ser descrito nos termos de assimilação ou de mestiçagem, sem notarmos às vezes o quase aniquilamento de valores étnicos. Darcy Ribeiro constrói o conceito de *transfiguração étnica* para as relações de integração de grupos indígenas isolados à sociedade nacional, em que fatores como o domínio da terra, da reprodução biológica, da dependência tecnológica, econômica e ideológica dos valores da civilização industrial são condicionantes do processo, que induz as etnias tribais ao despojamento de suas culturas, sem sequer assimilá-las.

Para se preservar das pressões civilizatórias, os povos indígenas transformam o seu modo de ser e viver, guardando de sua identificação étnica tudo que seja compatível com as novas condições de vida que lhes são impostas. Fazem "o trânsito da condição de índio específico, conformado segundo a tradição de seu povo, à de índio genérico, quase indistinguível do caboclo" (RIBEIRO, D., 1996. p, 12).

Hibridismo e mestiçagem são termos que Gruzinski tenta dotar de coerência a partir da análise cultural da conquista e da colonização do Novo Mundo. O próprio autor define o emprego da palavra "mestiçagem" para

> [...] as misturas que ocorreram em solo americano no século XVI entre seres humanos, imaginários e formas de vida, vindos de quatro continentes (as "quatro partes do mundo") – América, Europa, África e Ásia.

Já o termo "hibridação" designaria as "misturas que se desenvolvem dentro de uma civilização ou de um mesmo conjunto histórico – a Europa cristã, a Mesoamérica – e entre tradições que, muitas vezes, coexistem há séculos" (GRUZINSKI, 2001, p. 62). A mestiçagem, para Gruzinski, é um conceito que se aplica à mundialização ibérica do século XVI e permanece ocupando um primeiro plano na globalização.

A mundialização ibérica em Gruzinski é o processo histórico iniciado com a expansão marítima e a criação de uma nova compreensão do espaço mundial, com a emergência de uma cartografia humana envolvendo as "quatro partes do mundo", o surgimento de um horizonte planetário e da mestiçagem cultural que a conquista e a colonização provocaram. Mas não se confunde com a globalização, que para Gruzinski, assim como para Fredric Jameson, tem seu centro na cultura norte-americana (2004, p. 445).

O Renascimento viveu a mistura do gosto pelo maravilhoso, a curiosidade dos grandes descobrimentos, as heranças do paganismo da Antiguidade e a influência religiosa cristã. O híbrido atraiu os espíritos do Renascimento, que, atentos à natureza, exploraram as similitudes entre o real e o imaginário, integrando o exótico nas representações e cultivando o paradoxo e a contradição, como no grotesco das fábulas e na decoração, em que abundam seres monstruosos e a mistura de espécies. Essa maneira de ver o mundo contribui para a aproximação entre o Velho Mundo e o Novo Mundo.

Com a conquista da América no século XVI, a hibridação torna-se mestiçagem. Essa aproximação entre os dois mundos "não é apenas uma justaposição, um mascaramento ou uma substituição" (GRUZINSKI, 2001, p. 62). A mestiçagem também não é um produto cristalizado em estado puro; ela lança mão de materiais reciclados e reinterpretados pela sociedade colonial, "que se nutre de fragmentos importados, crenças truncadas, conceitos descontextualizados e, volta e meia, mal assimilados, improvisos e ajustes nem sempre bem-sucedidos" (p. 62). Forjada pela imposição abrupta da Conquista e num processo nem sempre consciente, a mestiçagem torna-se indissociável da ocidentalização.

No entanto, a noção de pureza ou estabilidade cultural desse produto híbrido é falsa, pois "a identidade é uma história pessoal, ela mesma ligada a capacidades variáveis de interiorização ou de recusa das normas inculcadas" (p. 62). A configuração social da identidade se dá nas relações e interações múltiplas com outros indivíduos também dotados de identidades plurais. O espaço da mestiçagem, no caso das Américas, é pensado por Gruzinski como entrelugar permeável e flexível, como uma área de ligação entre duas tradições: a ocidental e a ameríndia.

É própria do conceito a instabilidade em que essa área de mestiçagem possui, deslocando-se num movimento infinito e colocando em contato grupos étnicos diversos. As misturas e as mestiçagens flutuam entre a regularidade absoluta da construção de um novo padrão cultural e a irregularidade absoluta, de um movimento cuja dinâmica é imprevisível, caótica. De qualquer forma, elas guardam uma característica de fundir heranças culturais diversas, de fornecer o privilégio de pertencer a vários mundos num só fenômeno.

No curso do século XVI, a relação entre "pátria" e o mundo também se modifica em sintonia com os ritmos da mobilização ibérica, na medida em que esses termos mudam de conteúdo e escala. O expansionismo e as ambições universalistas dos reinos cristãos contribuem para criar uma nova percepção do mundo, cada vez mais confundida com um largo conjunto de terras submetidas a um mesmo centro de poder.

Três espaços são distinguidos nos testemunhos de época, segundo Gruzinski (2004, p. 77): o lugar de onde se vem ou de nascença, onde a pessoa se fixa e a esfera na qual se desloca. O primeiro é a ligação local que se mantém mesmo após percorrer os continentes. O segundo torna o Novo Mundo mestiço com o enraizamento europeu, e o último esmaece a pátria de origem sob um território que se amplia progressivamente de forma global.

As mudanças de toda sorte que se desenvolveram nas diferentes partes do globo colocam em questionamento a centralidade do Velho Mundo e suas concepções etnocêntricas. A globalização atual também contribui para a crítica do europocentrismo ou etnocentrismo, redutores da realidade e marcado por suas intenções imperialistas.

Com razão, Gruzinski reclama um horizonte mais amplo para essa história cultural da mundialização ibérica. A interpretação das conexões culturais entre as diversas partes do mundo exige uma investigação ampla, que deve ultrapassar os limites da ligação com a Europa ocidental e admitir a diversidade das histórias locais. Essa história alargada também deve ser capaz de ir além dos particularismos e explicar como e a que preço os mundos se articularam. Precisa ser uma história cultural descentrada e atenta para o grau de permeabilidade das civilizações e seus encontros, compatibilizando abordagens macro-históricas com o aprofundamento de situações e fatos relevantes do processo de mundialização cultural.

Gruzinski também se indispõe com a retórica da alteridade, presente nos estudos culturais a partir dos anos oitenta. A crítica ao etnocentrismo das universidades americanas gerou outra distorção, ao impedir a percepção da América Latina como uma totalidade. Por exemplo, as diferenças entre o Brasil e a América hispânica são exageradas, e escamoteiam-se as continuidades e similitudes presentes na vida cotidiana dessas sociedades. Essa história de ampla dimensão não encontraria uma parceria fértil nas proposições da micro-história ou microetnohistória, já que o estudo das mestiçagens não pode se ater apenas ao estudo local ou a um caso específico (GRUZINSKI, 2004, p. 32-34).

Peter Burke, ao comentar a evidência que o conceito de hibridez cultural tem obtido nos estudos sobre a globalização, enxerga a vantagem que ele adquire ao incorporar os processos inconscientes e consequências não intencionais surgidas do encontro de culturas. Mas, ao contrário do sincretismo cultural, que elabora estratégias e táticas de resistência para a domesticação do estrangeiro, a hibridez dá a impressão de um processo pacífico, sem tensões, "omitindo completamente o agenciamento humano" (BURKE, 2005, p. 156-157).

Não podemos imputar a crítica ao hibridismo, como acima concebida, ao trabalho de Gruzinski, embora o enfoque da mestiçagem contemple muito mais as amálgamas culturais, na identificação dos traços resilientes e de adaptação dentro da mescla gerada, do que as tensões presentes nesse processo. O interesse de Gruzinski não se dirige aos pontos de conflito das fusões ou aspectos políticos das mestiçagens culturais na globalização, ao que se designou por "imperialismo cultural" ou "homogeneização cultural". Mas não deixa de fazer aproximações críticas entre a mundialização ibérica e a globalização.

O expansionismo ibérico também trouxe para o homem do mediterrâneo e os que estiveram associados a sua empresa de colonização (europeus, ameríndios, asiáticos e mestiços) a superposição cultural entre as "quatro partes do mundo" e as identidades locais, implicando na mesma sensação de mobilidade que se experimenta na pós-modernidade (GRUZINSKI, 2004, p. 82). Para Gruzinski, a globalização destila o totalitarismo frio de uma visão predestinada e maniqueísta da história do mundo liderada pelos Estados Unidos, mas não se apresenta nunca de forma explícita como ideologia oficial da hegemonia norte-americana. Mascara a sua autoria numa aparente diversidade cultural, que nada mais é do que um verniz projetado sobre a base ocidental, uma mestiçagem de fachada que descentra linguagens e referências para melhor universalizá-las.

A globalização cultural se faz passar por natural, irremediável e universal, usando seu prestígio e a força irresistível das tecnologias avançadas, que, combinadas com o artifício da diversão, se tornam ainda mais persuasivas e capazes de paralisar qualquer resistência e reação (p. 443-445).

Outro posicionamento com relação ao europocentrismo deriva da antropologia cultural e dos estudos afro-americanos dos anos 1970, que revisaram as análises etnocêntricas das sociedades geradas pelo colonialismo e a escravidão moderna.

Na travessia para o Novo Mundo, a cultura africana se transmutou em afro-americana:

> Arrebanhados ao lado de outros com quem partilhavam a situação comum de servidão e um certo grau de superposição cultural, os africanos escravizados foram obrigados a criar uma nova língua, uma nova religião e, a rigor, uma nova cultura. (MINTZ; PRICE *apud* JOYNER, 1989, p. 147-149).

Por outro lado, os colonos brancos não conseguiram transferir ou preservar intactos seus estilos de vida, suas crenças e seus valores, ainda que desfrutassem da liberdade de impor e manter seu padrão cultural.

Resumindo, isso significou que tanto os escravos africanos quanto os europeus tiveram que recriar suas culturas numa situação forçada e não desejada, resultando num espaço transcultural em que residem tensões, resistências e conflitos.

No caso da *créolité* ou "crioulidade", a defesa de uma língua mestiça, o *crioulo*, se torna a identidade de um povo portador de uma cultura singular: nem africana nem europeia. E, ao mesmo tempo, um produto da mestiçagem, é uma reação ao universalismo europeu. É desta forma que importantes intelectuais antilhanos se proclamam "créoles":

> Nós queremos aprofundar nossa "créolité" em plena consciência do mundo. É pela créolité que nós seremos martiniquenhos. Ao sermos Martiniquenhos, seremos Caribenhos, e assim, americanos à nossa maneira.
> (BERNABÉ; CHAMOISEAU, 1989, p. 51)

Diante da impossibilidade presumida de se obter a soberania política na antiga colônia, a *créolité* se afirma como resistência à assimilação cultural francesa, adotando a condição de herdeira da resistência anticolonial e antiescravista, através do reconhecimento do hibridismo cultural que originou uma amálgama particular influenciada pelas contribuições dos povos deslocados compulsoriamente (caso dos negros e indianos) ou não (como os colonos europeus). Os adeptos da *créolité* a consideram também como uma estratégia de resistência e adaptação ao mundo globalizado, que mantém em curso o processo de crioulização ao mundializar o fluxo imigratório da mão de obra e a diversidade cultural.

Em nossos dias, o global se funde com o local sobre um fundo de adaptações e mestiçagens. Por toda parte misturas se chocam com os limites e modelos de vida ocidentais, tornando ainda mais difícil discernir o que é "local" e "global". A padronização globalizante da economia-mundo atual gera uma ameaça a toda diversidade cultural, seja de pequenas coletividades, seja nacional. A globalização aprofundou radicalmente essa questão dos limites espaciais nacionais, encurtando as distâncias entre os países. Nessa contração do espaço-tempo, emerge a territorialidade global, ou seja, a desterritorialização cultural.

1500-1840

A melhor média de velocidade das carruagens e dos barcos a vela era de 16 km/h

1850-1930

As locomotivas a vapor alcançavam em média 100 km/h; os barcos a vapor, 57 km/h

Anos 1950

Aviões a propulsão: 480-640 km/h

Anos 1960

Jatos de passageiros: 800-1100 km/h

Figura 3 - O estreitamento do mundo pelos transportes.
Fonte: HARVEY, 1992, p. 220.

A globalização torna fluidas as fronteiras entre o centro e a periferia na abordagem do regionalismo cultural ou da autenticidade cultural. A interpenetração e a fusão cultural transpõem os limites do nacional e do regional. O debate sobre esse processo de mundialização cultural divide os analistas em diversas correntes que tentam interpretar o caráter desses fluxos no sentido de espaço de tensão ou desigualdade. Existem os que enxergam nisso a imposição de uma hegemonia padronizadora da cultura mundial, como em Wallerstein, Fredric Jameson, Stuart Hall entre outros, cujas abordagens derivam da tradição marxista, e os que apostam nas possibilidades de uma globalização democratizante, como Nestor Caclini, ou através da ótica do mercado, como George Yúdice (WALLERSTEIN, 1999, p. 75-78; JAMENSON, 1999, p. 75-78; HALL, 1998; CANCLINI, 2001; YÚDICE, 2003).

Para os que representam esse processo como cenário de disputa hegemônica, existe uma gradação nas expectativas de resistência à uniformização da cultura na atualidade. É bem razoável a observação de Stuart Hall de que as fusões culturais não são capazes de eliminar todas as diferenças de cunho nacional ou local que persistem, ainda que transformadas pelo contágio com novos padrões culturais. A superação das identidades nacionais pela homogeneização cultural é uma visão simplista e desmedida da globalização, pois não se trata de um movimento unilateral, apesar de desigual. Em seu interior, abriga a diferenciação cultural e estabelece uma nova articulação entre o "global" e o "local", gerando novas identificações locais nesse multiculturalismo que se impõe. Existiria também um exagero nessa geografia da globalização, que na realidade não alcança todas as regiões do planeta nem todos os estratos da população periférica.

Podemos encontrar uma interpretação mais pessimista em Jamenson, que ressalta a padronização avassaladora da cultura mundial pelo modo de vida norte-americano, não percebendo qualquer espaço para convivência democrática com outras culturas, mas apenas subordinação e um processo de expansão, ainda inconcluso, da indústria cultural globalizada. As diferenças locais se encontram ameaçadas pela americanização da cultura, pela assimetria das relações dos Estados Unidos com o resto do mundo, incluindo a Europa e o Japão. Seria irônico, segundo Jameson, apresentar a cultura de massa globalizada como espaço de democratização ou de diferenciação cultural, alcançadas pelo livre jogo do mercado ou de ações institucionais, como fazem Yúdice e Canclini.

Sem dúvida, é o modelo de vida norte-americano que se impõe como hegemônico e não se apresenta como um multiculturalismo democrático, mas seria exagerado concluir pela eliminação das demais culturas, coisa jamais vista na história da mundialização. É certo que vivemos num mundo de fusões culturais, em que a força irresistível do modo de vida americano encontra a facilidade de ser divulgado pela indústria cultural dominada pelos Estados Unidos. Mas não nos parece possível reduzir a um único padrão a cultura de povos tão diversos, com identidades forjadas em processos históricos diferentes.

Tomando a hegemonia americana como uma realidade, Nestor Canclini se preocupa em construir estratégias que possam transformá-la num processo em que a hibridação permita uma relação mais equilibrada na difusão cultural entre as periferias e os centros do capitalismo. Fortalecer a cultura local dentro do hibridismo contemporâneo seria uma forma de lutar contra a padronização cultural. Uma estratégia de resistência semelhante à da "antropofagia" dos modernistas brasileiros, colocando a forma cultural importada a serviço da cultura local, transformando-a num produto híbrido que guarde a autenticidade da cultura local.

As fronteiras culturais nacionais e locais se tornaram mais porosas com os processos globalizadores dos mercados de bens culturais e dos meios de comunicação. "Poucas culturas podem ser agora descritas como unidades estáveis, com limites precisos baseados na ocupação de um território demarcado" (CANCLINI, 2001, p. 22). Ao pesquisador das ditas "sociedades quentes" ou complexas, em que as interações transculturais são intensas, a delimitação das identidades culturais "autênticas" se torna mais opaca. A pretensão de distinguir identidades "puras" radicalmente opostas à sociedade nacional ou à globalização traz o risco de absolutizar ou congelar traços de uma cultura, rechaçando as mesclas ou as "impurezas", bem como as possibilidades de transformação das tradições culturais.

Ainda em Nestor Canclini, podemos encontrar uma concepção positiva da hibridização, em que os entrecruzamentos culturais possibilitados pela globalização favorecem a diversidade e a proliferação de novas culturas, numa projeção utópica do encontro equilibrado entre o local e o mundial, com vantagens para ambos. No entanto, existem barreiras para essa empresa utópica, que é exatamente a tendência homogenizadora da indústria cultural, capaz de equalizar as distinções enriquecedoras, com fim a alcançar o maior mercado possível para os seus produtos.

Para Canclini, o termo hibridação pode abarcar outros vocábulos empregados para as mesclas interculturais, como "mestiçagem" para as fusões raciais ou étnicas, ou "sincretismo" nas crenças, ou "crioulização" para línguas e culturas criadas no contexto da escravidão. A palavra "hibridação" se amolda melhor para caracterizar e explicar as fusões étnicas ou religiosas, especialmente se originadas nas sociedades de tecnologias avançadas e processos sociais modernos ou pós-modernos, em que a circulação e o consumo dos produtos da indústria cultural são facilitados pela abertura dos mercados, pela rapidez dos meios de comunicação e acesso informatizado. Nesse processo devemos observar as resistências e oposições à hibridação. Canclini nos adverte de que, para fugir das teorias ingênuas sobre a mestiçagem, que não reconhecem as tensões na interculturalidade, é preciso buscar analisar os processos de hibridação, suas interseções e suas transações, e não o estudo do híbrido em si.

O debate sobre esses processos de fusões culturais só começou, e é evidente o desconforto com as dificuldades teóricas que o emprego desses termos traz, conforme comentamos anteriormente, como se caminhássemos por uma trilha escorregadia, de imprecisão.

De qualquer jeito, torna-se cada vez mais difícil estabelecer as fronteiras culturais num estudo sobre as sociedades contemporâneas, que são diaspóricas. Nelas o êxodo populacional em busca de mercado de trabalho, o comércio internacional, a indústria cultural e a facilidade dos transportes criam novas condições materiais para a globalização e aprofundam o encontro entre culturas diversas. Tampouco resta alguma simplicidade no recorte espacial a ser elaborado para tratarmos dos temas culturais em qualquer época, especialmente após a criação da economia-mundo.

O antropólogo Marc Augé nos fala de uma supermodernidade, marcada por excessos e produtora de não lugares, ou seja, de espaços em que a identidade perde referência e que, ao mesmo tempo, impossibilitam o encontro com o outro, em que a alteridade se torna espetáculo e é apreendida pelos estereótipos. É o espaço dos outros sem a presença efetiva deles, em que não nos sentimos em casa e viramos meros observadores de uma realidade. São exemplos de não lugares os aeroportos, os bancos e os hotéis.

Como parte dessa supermodernidade temos os excessos que a constituem: o excesso de tempo, o excesso de espaço e o excesso de individualismo. A história se aproxima do vivido pela superabundância dos fatos mediatizados e se mundializa pelo excesso de espaço. As imagens de todos os lugares do planeta se tornaram acessíveis pelos satélites, numa desterritorialização dos espaços. O acesso ao mundo intermediado pelas tecnologias nos transforma em espectadores e nos isolam da coletividade.

Figura 4 - Millôr Fernandes ironiza o isolamento social pela tecnologia.
Fonte: Millôr Online <http://www2.uol.com.br/millor

Assim, para Augé, a atualidade nos impõe uma crise do espaço e da alteridade. A criação de grandes espaços econômicos unificados, a grande mobilidade financeira dos capitais, das multinacionais, da indústria cultural e a adoção de políticas mundiais por organismos como a ONU, Banco Mundial e FMI, ameaçam a autonomia dos estados nacionais, criam uma crise de identidade entre os valores regionais e um mundo globalizado, embaralhando as alteridades e tornando-as menos evidentes (Augé, 1999, p. 149).

O antropólogo Ulf Hannerz (1999, p. 251-266) observa, com razão, que a velha forma de considerar as culturas como estruturas mentais específicas confinadas a territórios e seus habitantes implica certo isolamento, que em geral é arbitrário.

As culturas são fenômenos coletivos e tendem a se misturar através das interações e das relações sociais, e só indiretamente ou de forma discricionária podem ser circunscritas a um espaço físico.

Em nossos dias, cada vez mais as redes amplas da cultura transnacional se sobrepõem aos localismos, conectando um número crescente de pessoas a mais de uma cultura, num movimento inédito na história da humanidade, em termos de sua propagação. O capitalismo e a cultura fundem-se no "hiperespaço pós-moderno", segundo Fredric Jameson, impulsionados pela lógica do lucro e superando os entraves nacionais e localistas para as suas difusões (JAMESON, 2002).

CAPÍTULO VI

A crise das fronteiras políticas na globalização

Não podemos deixar de lembrar que se existe uma geografia do poder político, que se estende das instituições até o indivíduo, numa micropolítica ou microfísica do poder, como supunham Gilles Deleuze e Félix Guattari (1996, p. 83-115) e Michel Foucault (1979, p. 179-191). O poder deve ser procurado também nas suas capilaridades, na rede em que ele funciona, em que os indivíduos são centros transmissores que o exercem e sofrem a sua ação. Numa sociedade existem diversos centros de poder articulados em sua ressonância com o Estado centralizador.

Do ponto de vista do espaço político, nas sociedades modernas, as fronteiras padecem da ambiguidade de ser parte de uma rede extensa do Estado centralizado e, mais além, do sistema mundo. É o Estado nacional que define e vigia a forma territorial da nacionalidade, determinando as fronteiras de sua comunidade política com os vizinhos. Essa nacionalidade é uma construção imaginária que cria a identidade entre indivíduos que também pertencem a outras várias associações identitárias superpostas, como a identificação a um grupo social, profissional, étnico, político e outros que habitam o mesmo espaço nacional.

A ideia moderna de nação possibilitou a consciência de pertencer a um só território e a uma só cultura. O sentimento de nacionalidade ganhou força de coesão com os meios de comunicação de massa ou do que Benedict Anderson chamou de "capitalismo de imprensa", que criou as condições para divulgação da língua nacional, um dos elementos construtores dessa identidade.

A abordagem de temas políticos num determinado espaço deve levar em consideração que essa construção da identidade nacional não se confunde com a fundação do Estado nacional. Por exemplo, sabemos que a nação é um sentimento lentamente forjado após nossa independência política em contraposição à vinculação mais afetiva ao local ou província de origem, muitas vezes referenciada como a verdadeira pátria e exaltadas nos movimentos separatistas que combatiam o centralismo da Corte do Rio de Janeiro e do Sudeste. As bandeiras ideológicas ou partidárias no início dessa construção estavam submetidas aos regionalismos, mais evidentes antes da criação de partidos nacionais.

Etienne Balibar e Immanuel Wallerstein (1988, p. 110-111) acreditam que uma análise da história do mundo moderno poderá mostrar que, em quase todos os casos, o Estado precede à nação, e não o inverso, como se costuma imaginar. Os movimentos nacionalistas que reclamam a criação de novos estados soberanos surgem geralmente no interior de limites administrativos já constituídos. Portanto, um Estado, mesmo não independente, preexistirá a esses movimentos autonomistas. Por outro lado, pode-se perguntar até que ponto a nação como sentimento comum existia antes da criação efetiva do Estado independente.

Um Estado pode sofrer ameaças de desintegração ou agressão externa, e sua coesão interna é uma forma de assegurar a sua soberania. O nacionalismo assume a forma de ideologia unificadora dos subgrupos no interior do Estado, que devem convergir em sua defesa.

Para Benedict Anderson, o nacionalismo é uma construção imaginária impermeável ao desmascaramento teórico e não se constitui como uma doutrina coerente ou uma "falsa consciência", nesse sentido, distinta de uma "ideologia". O nacionalismo, para o autor, deve ser visto como o equivalente moderno do parentesco, com as suas representações simbólicas, mas disposto a absorver os que lhe são "forasteiros". As nações não surgem por determinação de condições sociológicas, como a língua, a raça ou a religião, mas são elaboradas pela imaginação. Todas as comunidades maiores do que as aldeias primitivas, em que a identidade pode ser construída pelo contato pessoal, são imaginadas e devem ser distinguidas não pela "falsidade" ou "autenticidade", mas pelas características dessa construção.

O processo de formação da identidade nacional é complexo e articula diferentes elementos politicamente eficazes para legitimar a autoridade do Estado e tornar natural o pertencimento a uma comunidade. A identidade nacional forja um passado em comum aliado à unidade cultural e da língua (HOBSBAWM, 1990). A cidadania, o direito de pertencer a uma mesma nação que fortaleceu os vínculos entre as pessoas da comunidade nacional moderna. De acordo com Jürgen Habermas, "nunca houve um Estado Moderno que não definisse suas fronteiras sociais em termos dos direitos de cidadania que ditam quem está e quem não está incluído na comunidade legal". O Estado moderno constitucional se legitima pela vontade do povo, e a cidadania adquire um significado de "pertença conquistada por uma comunidade de cidadãos investidos de poder", que contribuem ativamente para a sua manutenção (HABERMAS, 2000, p. 301).

A identidade nacional reside em dois planos: no sentimento individual de portador do caráter nacional e na coletividade simbolizada como uma totalidade particular etnolinguística, que partilha uma história em comum. Cabe aqui a ressalva de Eric Hobsbawm (2000b, p. 271) de que essa construção do passado não tem um compromisso com a "verdade histórica"; é uma mitologia retrospectiva. Katherine Verdery (2000, p. 241) também nos alerta para o risco de sermos ludibriados pelas ideologias nacionais, imaginando que as nações foram efetivamente constituídas pela cultura, por uma descendência ou por uma história particular.

Voltando ao caso brasileiro, a questão da construção da identidade nacional tem sido percebida recentemente como uma construção que se desenrola no tempo, aprofundada pela Independência. Durante um bom período a historiografia relacionou a luta contra a metrópole como o berço do sentimento de brasilidade, com raras exceções, como a visão da interiorização da metrópole de Maria Odila Silva Dias e a crítica de Ilmar Rohloff de Mattos à existência de uma unidade nacional em gestação desde o período colonial.[1]

O assunto ainda continua sendo um dos temas mais controversos da nossa historiografia. Segundo István Jancsó, existe um sólido consenso dos historiadores em não tomar a declaração de emancipação política como marco da constituição do Estado nacional brasileiro, mas o mesmo não se dá quando se aborda a emergência da nação. István também relaciona as diferenças fundamentais entre o processo da construção das nações europeias e da brasileira. A questão nacional no Brasil não repousa em antecedentes históricos territoriais que pudessem ser reivindicados por ancestralidade de língua ou identidade. Tampouco na existência de burguesias em busca de hegemonia no interior das formações sociais prefiguradas em nações e mercados nacionais ou em nobrezas ameaçadas em suas liberdades tradicionais, identificadas com a defesa da nação. Também o escravismo destoava do ideal utópico da igualdade de cidadania entre os nacionais, negada aos cativos. A coesão nacional do Estado brasileiro teve, então, aceitação tardia.

Para nossas elites políticas, fossem elas dissidentes ou não, o Estado não poderia se constituir com base em critérios

---

[1] Para a crítica historiográfica sobre a construção da nação, ver RIBEIRO, G. (2002); DIAS (1972); MATTOS (1987); JANCSÓ, PIMENTA (2000); JANCSÓ (2003).

universais da cidadania nacional devido ao escravismo. Tratava-se de um Estado amparado numa concepção de nação excludente, portanto de frágeis alicerces de legitimação. Isso nos faz pensar na importância que o regionalismo ocupou nos projetos políticos ao longo da consolidação da nacionalidade brasileira, um sentimento mais próximo a qualquer pessoa do que a ideia mais abstrata ou polêmica da nação.

O processo de unificação da comunidade nacional depende de uma ideologia específica, que é o nacionalismo. O nacionalismo deve ser um fenômeno de massa e de individualização, que condiciona a comunicação entre os indivíduos e entre os grupos sociais, sem suprimir as diferenças, mas relativizando-as e subordinando-as à dicotomia entre a pátria e o estrangeiro.

O Estado e a nação estabelecem as bases da autoridade e de legitimidade do poder através das categorias que se passam por naturais e socialmente reais. A simbolização nacional seleciona os valores culturais dos grupos hegemônicos no Estado, podendo tornar invisíveis outros grupos da sociedade.

A unificação promovida pela nação imaginada subordina a diversidade cultural aos valores nacionais, mas não a elimina nem possui essa intenção. Sua preocupação é estabelecer o cânone da identidade nacional impondo uma mitologia política que padroniza o processo histórico, submetendo em seu território as demais construções imaginadas à integração nacional, num processo que Etienne Balibar chamou de "etnicização":

> Nenhuma nação possui naturalmente uma base étnica, mas à medida que as formações sociais se nacionalizam, as populações que elas incluem, repartem ou que dominam são "etnicizadas", isto é, representadas no passado ou no futuro como se formassem uma comunidade natural, possuidora por si própria de uma identidade de origem, cultura, interesses, que transcendem os indivíduos e as condições sociais. (BALIBAR; WALLERSTEIN, 1988, p. 130-131)

Podemos dizer que a ameaça de homogeneização cultural se dá não apenas com a mundialização, mas também com a construção da nação, ao integrar diferentes grupos sociais a um só passado e língua, ainda que não tenha a intenção destruir a diversidade cultural de seu povo. Os sistemas nacionais de educação, os meios de comunicação de massa e a integração do mercado nacional atuam na subversão do localismo e homogeneízam a cultura e os hábitos sociais; além disso, são mecanismos ocupados pelo transnacionalismo do capital e da cultura com o avanço da sociedade global.

A nação, ao se realizar historicamente na modernidade, diluiu as fronteiras regionais, deslocando as relações sociais para um território mais amplo. A cidadania retira as pessoas de suas bases regionais, movendo-as de seus provincianismos para integrá-las ao novo horizonte da nação, pelo sistema moderno de comunicação. A identidade nacional, como percebe Renato Ortiz (1996, p. 83-85), é um processo de duplo movimento: de desterritorialização dos homens do espaço local e de reterritorialização como integrante da nação. Essa identidade não é algo definitivo e precisa ser reelaborada permanentemente pelas forças sociais. Ou como entende Stuart Hall (1993, p. 349-363), a formação da identidade cultural nunca está fixa ou pura, mas é sempre híbrida de repertórios culturais que surgem com as formações históricas e suas misturas culturais. Esse hibridismo possui um ponto de etnicidade estável, que simboliza a identidade nacional, e que a globalização tem diasporizado e fundido num multiculturalismo étnico, religioso, cultural, linguístico, etc.

Os analistas contemporâneos suspeitam que a forma moderna que revestiu o Estado nacional esteja em crise ou em transformação. David Harvey afirma que a coordenação da globalização, sob a gerência do capital financeiro e seu transnacionalismo, conflita com as fronteiras delimitadas pelos Estados nacionais. Outros indicam uma reconfiguração da identidade nacional no que resta como amálgama viável, como os referenciais de gênero ou religiosidade ("nação homossexual", "nação muçulmana") (VERDERY, 2000, p. 246). De qualquer maneira, as fronteiras nacionais ainda são visíveis, e a autoridade civil dos Estados nacionais se impõe plenamente diante das forças locais, regionais e das forças privadas, mas isso não significa que não enfrentem uma nova ordem mundial e a perda de autonomia perante as instituições "supranacionais", nas quais o peso das potências capitalistas é incontestável, como na ONU, no FMI, no Banco Mundial e na Organização Mundial do Comércio (OMC).

Também é indiscutível que o mundo caminha para a formação de blocos internacionais de comércio, como a União Europeia, o Nafta ou o Mercosul, que ainda se restringem aos aspectos econômicos da circulação de mercadorias, inclusive de bens culturais. Essa nova realidade fragiliza o Estado nacional, mas ainda não o anula.

Podemos acrescentar, na mesma linha de argumento de Canclini (2001), de Michael Mann (2000) e de outros já citados, que as sociedades nacionais nunca foram entidades isoladas e jamais deixaram de estar em contacto com outras nações. Suas fronteiras não são impenetráveis, mas sempre implicaram relações transnacionais, que não são meramente "pós-modernas". A soberania nacional sempre foi, nesse sentido, solapada pelo transnacionalismo do capital e da cultura, com seus artefatos difundidos ao redor do mundo, a exemplo do romantismo, do romance realista, dos estilos arquitetônicos, do mobiliário, da comida, das orquestras sinfônicas, do rock, da ópera, do balé, das calças jeans, etc.

De qualquer modo, o "hiperespaço pós-moderno" concebido por Fredric Jameson, um tipo de ciberespaço mundial assentado na lógica do lucro capitalista, ainda não substituiu os espaços nacionais, pois prescinde da regulamentação política entre as nações. Tampouco a dicotomia "Império" descentralizado e "multidão", de Antonio Negri e Michael Hardt, pode ser constatada nesse momento. Ainda não é possível verificarmos uma "multidão" sem feição nacional.

Negri e Hardt (NEGRI, 2003; NEGRI; HARDT, 2003) acreditam que vivemos uma fase de transição para o Império, cuja soberania se encontra em um "não lugar". Assistimos ao crepúsculo do Estado-Nação, à descentralização e à desterritorialização do poder, sem base etnonacional. A visão de um mundo unipolar com sede nos Estados Unidos ou outro Estado-Nacional é substituída pela da rede global de poder que está em formação, constituída pela vigilância militar norte-americana, o G-8 (EUA, Alemanha, Japão, Itália, França, Grã-Bretanha, Canadá e Rússia) para a coordenação da economia mundial e a teia das multinacionais que se estendem pelo mercado globalizado. São todos eles instrumentos globais utilizados pelo capitalismo transnacional. A liderança atual dos Estados Unidos é considerada como provisória para os autores, um resquício imperialista em contradição com a ordem do Império sem fronteiras que se forma.

As forças que poderão se contrapor ao Império terão que ser universalistas, e não movimentos de classe. As multidões internacionalistas e globais, como o movimento coletivo de Seattle de 1999, as estratégias de protesto pelo fim da dívida dos países pobres e contra a política dos organismos internacionais é que poderão enfrentar o FMI, o Banco Mundial e o G-8.

Ainda no viés do pensamento de orientação marxista, Samir Amin (2005, p. 77-123) e István Mészáros (2003)[2] acusam a teoria do Império de Negri e Hardt de ser desmobilizadora dos movimentos organizados e da autonomia dos Estados nacionais.

---

[2] Ver também CASANOVA, 2005.

Para aqueles que mantêm o conceito de imperialismo como válido para a atualidade, a exemplo desses autores, apesar de as potências dominantes tentarem impor a ordem mundial, os Estados nacionais conseguiram preservar certa autonomia de decisão no âmbito das políticas públicas e diretrizes socioeconômicas, bem como ainda são responsáveis pelas garantias dos seus mercados financeiros e dos investimentos em suas economias.

Se as sociedades capitalistas criaram novas hierarquias sociais com a perda da visibilidade do controle das empresas e a desvinculação de parte da mão de obra da linha de produção, mesmo assim, as associações tradicionais de classe se mostram como a força mais capaz de articular uma reação efetiva às políticas neoliberais. Os movimentos coletivos contra os organismos internacionais ainda não conseguiram se aproximar de fato dos sindicatos e das representações de massa dos trabalhadores, na realidade, ainda as únicas instituições organizadas de classe. Todas essas ponderações mostram certo exagero dos que imaginam um império sem fronteiras nacionais e sem interesses de classes, ainda que ameaçados.

A posição hegemônica da tríade (EUA, Comunidade Europeia e Japão), capitaneada pelos Estados Unidos é facilmente percebida nos organismos internacionais ou pelo dólar, moeda padrão do comércio mundial. A construção de uma ordem unipolar é quase consensual entre os analistas da globalização de vinculação marxista. Para Mészáros, é difícil não reparar que a hegemonia dos Estados Unidos se estende em diversos campos da tecnologia e das comunicações, na política internacional e na economia do mundo, consumindo 25% dos recursos energéticos e matérias-primas do planeta para apenas 4% da população mundial. Samir Amin propõe que se entenda a globalização como um sistema gerido pelos Estados Unidos em nome do imperialismo coletivo da tríade, que beneficia o grande capital transnacional.

Recentemente, Kostas Vergopoulos (2005), parceiro de Samir Amin em um estudo sobre o capitalismo atual, se insurgiu contra a ideologia da globalização e a dominação mundial sob a égide dos Estados Unidos. Partilhando a mesma compreensão do papel hegemônico norte-americano no plano internacional, Vergopoulos ataca os que defendem uma ordem supranacional, com base na falência dos Estados nacionais. Crítica endereçada aos ideólogos norte-americanos da nova ordem mundial, como Francis Fukuyama e Samuel Huntington, e a Habermas, Ulrich Beck e Anthony Giddens, que defendem o da terceira via de um governo mundial e consideram as antigas competências do Estado-Nação uma ameaça à segurança da humanidade, por sua vinculação à religião e à nacionalidade.

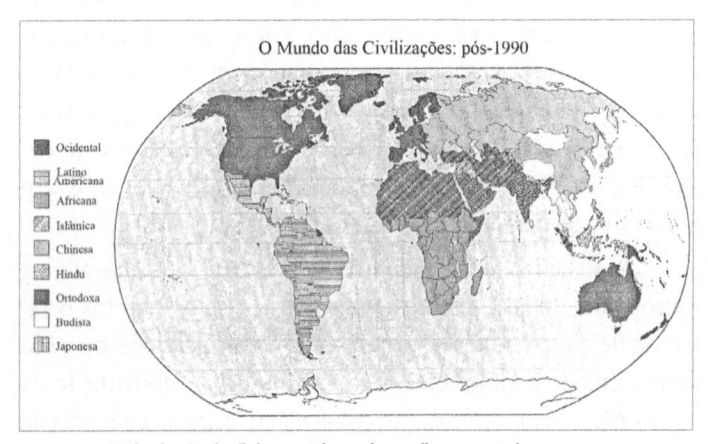

Figura 5 - A ideologia do "choque das culturas": o mapa das civilizações-religiões do Samuel Huntington.

Fonte: MIGNOLO, 2003, p. 65.

Vergopoulos, acertadamente, considera que o fundamento do Estado-Nação é a soberania, e não a religião ou a nacionalidade. Um Estado pode ser cosmopolita, mas não pode perder sua autoridade nacional. A suposição de um governo mundial se torna impossível pela imensa diversidade de demandas locais que requerem autoridades autônomas e legislações regionais. A globalização corrente ainda não correspondeu a uma integração social de todas as partes do mundo e, sem respeito ao pluralismo cultural, se converterá em "etnocídio" e num mundo de desordem.

Vergopoulos também se pergunta como é possível imaginar uma globalização completa do capital num mundo de disparidades, em que o financiamento da ameaçadora dívida interna e da balança deficitária norte-americana é retirado dos recursos monetários e financeiros do resto do mundo através da segurança do dólar e da posição ímpar de seu mercado para os investimentos globais. O próprio fracasso do projeto universalista da globalização já nos permitiria falar em "desglobalização" como reação da periferia excluída dos benefícios da internacionalização dos capitais.

Esse sentimento de frustração é partilhado pelo prêmio Nobel, Joseph E. Stiglitz, ex-assessor do governo Clinton e integrante do quadro dirigente do Banco Mundial entre 1997-2000. Stiglitz ainda acredita nos benefícios da globalização se ela for reformada, adequando-se às diretrizes de mercado livre à autonomia de regulamentação rigorosa contra o capital especulador e à reciprocidade das nações desenvolvidas na eliminação de barreiras protecionistas aos países pobres e em desenvolvimento (2002).

De qualquer forma, a globalização parece passar por uma crise de sua ideologia, o neoliberalismo, após fracassar nas políticas generalizantes do receituário do FMI e Banco Mundial para os países da periferia do capitalismo, como a abertura dos mercados, privatização de estatais, cortes em gastos sociais e política de valorização cambial dolarizada. Essas medidas agravaram o endividamento e tiveram um impacto desindustrializante em países como o Brasil ou Argentina.

Atualmente o neoliberalismo enfrenta a sua maior provação, com a crise financeira que se instala nos EUA a partir dos títulos imobiliários, em que a intervenção do Estado se fez necessária, rompendo com o paradigma do livre mercado regulador da economia. Entretanto, apesar do fracasso do neoliberalismo, as ligações comerciais entre as nações não deixaram de avançar nem a globalização cultural deixou de se aprofundar.

Tzvetan Todorov (2003), defensor do multiculturalismo, ao analisar a atual política externa norte-americana também a classifica como imperialista, por ter adotado uma doutrina radical de guerra preventiva, que pode ser decidida de maneira unilateral, conforme preconiza o *The National Security Strategy*, de 20 de setembro de 2002. Esse imperialismo se diferenciaria do colonialismo do século XIX e da política de anexação territorial. A estratégia imperialista norte-americana se guia pela hegemonia mundial, sem se preocupar em ocupar ou colonizar territórios, mas em combater governos estrangeiros que sejam hostis aos seus interesses políticos e econômicos. Uma política que fortalece o antiamericanismo e agrava a instabilidade mundial.

De nosso ponto de vista, mesmo que no futuro seja possível uma globalização efetiva do mundo e um governo supranacional, a realidade que vivemos não nos permite ainda sequer concebê-los como viáveis. Essa nova geografia ainda não se concretizou. Apenas vislumbramos modificações que começaram a alterar as relações de poder nas sociedades capitalistas, com a fragilização inegável dos Estados nacionais e dos movimentos coletivos, a hegemonia incontestável dos Estados Unidos em todos os setores da economia mundial e da cultura de massas. Mas quem poderá afirmar que essas tendências são irreversíveis ou que a "desglobalização", sugerida por Vergopoulos, não se agravará, ampliando seu caráter segregacionista?

CAPÍTULO VII

A globalização da nova geografia cultural e política

O grande debate sobre a globalização teve início a partir dos anos 1990, quando o neoliberalismo da era Reagan e Thatcher parecia ser o remédio amargo para se sair da década perdida e vinha influenciar as regras preconizadas pelo chamado Consenso de Washington (1989) para a liberalização e desregulamentação de mercados nos países pobres e em desenvolvimento com o aval do FMI e do BIRD.

Conforme comentamos, Wallerstein (2003, p. 71-92) considera, com muito acerto, que o processo de mundialização não é recente, que data de cerca de 500 anos e o que se verifica com a globalização iniciada nos anos 1990 é uma nova fase de transição do sistema-mundo.

Globalização (de origem inglesa) e mundialização (de origem francesa) são palavras que estão sendo utilizadas com conotações distintas. É importante sublinhar que se trata de conceitos em construção, com suas imprecisões e provindos do campo econômico. O economista François Chesnais (1996)[1] prefere o termo "mundialização" do capital ao termo "globalização", menos incisivo na compreensão de que a economia se mundializou e mais restrito às políticas neoliberais. Para evitarmos o uso frouxo e abrangente do termo "globalização",

---
[1] Chesmais historia os termos na área econômica como surgidos nos anos 1980.

outro economista brasileiro, Reinaldo Gonçalves (2003), sugere que nos restrinjamos aos seus aspectos econômicos, em que despontam as características do crescimento extraordinário dos fluxos internacionais de mercadorias e capitais com consequente acirramento da concorrência e expansão dos mercados para as economias desenvolvidas.

No entanto, entendemos que restringir o termo à globalização econômica não ajuda a compreender as mudanças presentes em outros âmbitos, como o cultural e das lutas políticas, ainda que possa ser um subterfúgio válido para analisar o campo econômico, evitando-se o emaranhado de fenômenos que o termo suscita.

Armand Mattelart (2004, p. 261-263) distingue "mundialização" de "globalização". O primeiro apegado à noção geográfica do processo e o segundo, à ideia de uma unidade totalizante ou sistêmica. A globalização nos remete a uma visão cibernética do funcionamento da economia-mundo, cujo melhor exemplo seria o fluxo financeiro desterritorializado que escapa ao controle das nações. É também uma ideologia que tenta se impor como irreversível, garantidora da prosperidade e da diversidade cultural, ao mesmo tempo que disfarça sua lógica mercadológica homogeneizadora e fragmentadora da realidade, oscilando entre esses extremos. Portanto, a globalização também inclui uma dimensão cultural, que se estende a outra discussão: a do pós-moderno.

A mundialização ou globalização serviu para difundir uma nova forma de cultura de massa antagônica aos valores clássicos da modernidade, erodindo as barreiras entre alta cultura e baixa cultura e questionando as noções de verdade, sistemas universais, as grandes narrativas e os valores absolutos. Em contraposição, reforça a lógica do mercado, do prazer, do relativismo cultural, do efêmero e do descontínuo (JAMESON, 2002; 2006; EAGLETON, 1998; LYOTARD, 1988; ANDERSON, 1999; JENKINS, 2001).

As atitudes diante da globalização têm sido diversificadas, entre a celebração da globalização e o seu repúdio. A versão mais conservadora da globalização equipara-a à democracia, indo até a defesa da hegemonia norte-americana (do *american way of life*) como triunfo do capitalismo democrático e o fim das ideologias, que seria o fim da história alardeado pelo ideólogo Francis Fukuyama. Um representante dessa visão, ainda que discordando da tese do "fim da história" é Samuel Huntington, que propõe um "choque de civilizações" para alargar as conquistas da democracia globalizada, numa visão simplificadora da história, em que o ocidente cristão-democrático enfrentaria as diferenças dos povos islâmicos e confucionistas. Uma formulação ideológica da globalização que permite legitimar a política externa norte-americana de intervenção militar no Oriente como se fosse a defesa da civilização (FONTANA, 1998, p. 20-25).

Na versão liberal, de esquerda ou progressista, existem aqueles que defendem a globalização pelo seu multiculturalismo, que pode promover o encontro entre culturas estrangeiras, a extensão dos direitos humanos a todos os países e a defesa de um governo transnacional que assegure a convivência democrática entre os povos. Nessa corrente se encontram, por exemplo, Habermas, Ulrich Beck e Anthony Giddens.

Já a condenação da globalização pode assumir argumentos conservadores contra o multiculturalismo e sua ameaça às identidades nacionais, inclusive à norte-americana ou pela crítica marxista, que repudia as ameaças à soberania dos povos por um mundo unipolar, de hegemonia cultural e econômica dos Estados Unidos ou da tríade dos países centrais do capitalismo, como Samir Amin, Kostas Vergopoulos e outros.[2]

---

[2] Sobre essas correntes interpretativas da globalização, ver NEGRI (2003, p. 15-20); JAMENSON (2001, p. 17-72); VERGOPOULOS (2005, p. 228-234).

De qualquer forma, o termo se refere às mudanças desconcertantes como a internet, em meados da década de 1990, a revolução da biogenética, o fim da União Soviética, a crise do Estado do bem-estar social e do Estado-Nação, a rápida mobilidade do capital financeiro especulativo, a desregulamentação dos mercados, a crise dos movimentos e associações coletivas de classe, que são elementos de destaque nessa nova configuração do capitalismo.

Esse mundo novo da tecnologia das comunicações foi resumido por Octavio Ianni da seguinte maneira:

> [...] a sociedade global é um universo de objetos, aparelhos ou equipamentos móveis e fugazes, atravessando espaços e fronteiras, línguas e dialetos, culturas e civilizações. Ao tecer a economia e a política, a empresa e o mercado, o capital e a força de trabalho, a ciência e a técnica, a eletrônica e a informática, tece também os espaços e os tempos, as nações e os continentes, as ilhas e os arquipélagos, os mares e os oceanos, os singulares e os universais. O mundo se povoa de imagens, mensagens, colagens, montagens, bricolagens, simulacros e virtualidades. Representam e elidem a realidade, vivência, experiência. Povoam o imaginário de todo o mundo. Elidem o real e simulam a experiência, conferindo ao imaginário a categoria da experiência. As imagens substituem as palavras, ao mesmo tempo que as palavras revelam-se principalmente como imagens, signos plásticos de virtualidade e simulacros produzidos pela eletrônica e a informática.
>
> Esses objetos, aparelhos ou equipamentos, tais como o computador, televisão, telefax, telefone celular, sintetizador, secretária eletrônica e outros, permitem atravessar fronteiras, meridianos e paralelos, culturas e línguas, mercados e regimes de governo. Estão articulados em si e entre si, seguindo a mesma sistemática, em geral a mesma língua, predominantemente o inglês.

E permitem transmitir, modificar, inventar e transfigurar signos e mensagens que se mundializam. Correm o mundo de modo instantâneo e desterritorializado, elidindo a duração. Criam a ilusão de que o mundo é imediato, presente, miniaturizado, sem geografia nem história. (IANNI, 2000, p. 219)

Na área das comunicações de massa, as atenções se voltam cada vez mais para o potencial multimídia da computação e da telefonia móvel. Mas a globalização ainda não alcançou todos os recantos do mundo e mostra uma face excludente. Manuel Castells repara que a "globalização atua de forma seletiva, incluindo e excluindo segmentos de economias e sociedades das redes de informação, riqueza e poder que caracterizam o novo sistema dominante" (1999, p. 191). Essa exclusão pode se dar dentro do próprio centro do sistema, como a marginalização dos que não possuem poder de compra para se inserir nesse mundo de alta tecnologia.

Figura 7 - Fugindo da exclusão globalizada no sertão de Alagoas, a cidade de Delmiro Gouveia.
Foto de Juarez Cavalcanti, 1994 (Agência Tyba).

Esse processo excludente é parte da globalização para o sociólogo Zygmunt Bauman (1999, p. 9), com a sua "progressiva segregação espacial, a progressiva separação e exclusão". As tendências neotribais e fundamentalistas são fruto da globalização tanto quanto a revalorização da hibridização cultural. Nessa experiência segregadora é progressivo o isolamento das elites extraterritoriais, cada vez mais globais, do restante da população fixa num espaço imóvel. Ser local, sem estar inserido no mundo globalizado, pode significar privação e degradação social. Os centros de produção de significado e valor são extraterritoriais e emancipados das restrições localistas e estão em contraposição à diversidade da condição humana, com a qual deve interagir, gerando tensões.

Uma nova geografia das elites está se construindo através da compressão do tempo/ espaço, com seus efeitos na estruturação das sociedades planetárias e comunidades territoriais. As elites na globalização se distanciam cada vez mais de suas unidades territoriais, no isolamento do espaço cibernético, das comunicações por satélite e de suas propriedades fortificadas com máxima segurança ao redor do mundo, zelosa de sua condição de "não vizinhança". Surge, assim, uma geografia restritiva, segregadora por seus espaços de segurança, inacessíveis à comunidade local (BAUMAN, 1999, p. 13-33).

Os dados estatísticos nos ajudam a perceber esse lado segregacionista da globalização. Em 1988, uma pesquisa nacional do Departamento de Educação dos EUA revelou que cerca de 40 a 44 milhões de adultos de sua população, ou seja, 21 a 23% de uma amostra nacional, não dominavam suficientemente a leitura e a redação em inglês e a aritmética elementar. Essa população estaria praticamente excluída da infovia global que se estabeleceu nos anos de 1990. Isso apesar de ser o país com o maior índice de computadores por habitantes e o quinto em acesso à internet na atualidade, pelos dados da União Internacional Telecomunicações (UIT-ONU) de 2001, com 6.225 aparelhos e 4.995 usuários de internet por 10 mil habitantes (CASTELLS, 1999, p. 193).[3]

Outras regiões inteiras permanecem alijadas do capitalismo, como a África, que apresentava a média de 84,7 usuários de internet por 10 mil habitantes e no Congo, um para cada 10 mil. A média europeia no mesmo ano de 2001, apresentava a cifra de 1.804,6 usuários por 10 mil habitantes. Existem mais linhas telefônicas em Manhattan ou Tóquio do que em toda a África subsaariana (CASTELLS,1999, p. 117).[4] Naquele ano, a média brasileira de acesso à internet era de 463,6 por 10 mil hab. O IBGE indica que no ano de 2005, apenas 18,6% dos domicílios possuíam um computador, enquanto a média nos EUA supera os 60% e a da América Latina fica abaixo da nossa, em torno de 5%.

Inegavelmente a televisão se tornou o principal veículo de distribuição da indústria cultural de massa no mundo, concorrendo com a radiodifusão. Alguns cunharam a expressão imagolatria, como parte da chamada "sociedade de espetáculo", que transformou a comunicação num recurso visual e na qual a vida passa a ser uma representação, uma simulação.[5] Assim como em outros países da América Latina, como o Chile e Brasil, a televisão já alcançou a quase totalidade dos domicílios, com respectivamente 91,4% dos domicílios em 1999 e mesma porcentagem no caso brasileiro em 2005, apesar da média de aparelho por habitantes ser baixa no Brasil. Nos EUA, em 2001, para cada mil habitantes existiam 806 televisores, enquanto no Brasil, a proporção era de 223 por mil habitantes, no ano de 1997.[6]

---

[3] UIT. *CT Indicators*. Disponível em: <http://www.un.org>.
[4] UIT. *CT Indicators*. Disponível em: <http://www.un.org>.
[5] A expressão "sociedade de espetáculo" é cunhada a partir do livro de Guy Debord, de título igual e publicado em 1967. Ver BRIGGS; BURKE (2004, p. 253).
[6] Ver <http://www.ibge.gov.br> e TALAVERA (2004. p. 290).

Para um americano médio de dezoito anos, a televisão já ocupa uma parcela maior do que o cinema em seu lazer. Em média, ele assiste a oito filmes por ano, enquanto a televisão lhe toma pelo menos quatro horas por dia. A internet tem concorrido em parcela dessas horas e de forma crescente, com a expectativa de ampliação através de sites de audiovisual, como o YouTube, Google e outros (SEVCENKO, 2001, p. 123).

A preponderância dos Estados Unidos nas comunicações informatizadas é patente. Em 2001, 64% dos servidores seguros de internet estavam nos EUA, 78% dos sites da Web e 96% dos de comércio eletrônico estavam em inglês (WOLF; CASTRO, 2004, p. 171).

Já em 1969, um futuro conselheiro do governo Carter para assunto de segurança nacional, escreveu que os Estados Unidos haviam se tornardo a "primeira sociedade global da história", dominando cerca de 65% de toda a comunicação mundial. Essa onipresença norte-americana transforma-a em propagadora dos modos de comportamento e valores a ser adotados no mundo, transcendendo as culturas e as identidades tradicionais e formando uma "nova consciência planetária" (MATTELART, 2000, p. 121-122).

Em 2002, dois sociólogos da Universidade de Virgínia arriscaram a escrever que "muito do que conhecemos como globalização é, tanto na origem quanto no caráter, inegavelmente americano. Seja o McDonald's (atendendo 20 milhões de pessoas por ano), seja a Coca-Cola (bebida por um bilhão de pessoas em todo mundo diariamente), seja Hollywood (de onde partem 85% dos filmes mais vistos no mundo), seja Michael Jordan, ele próprio um ícone global (gerando mais de 10 bilhões de dólares durante sua carreira de jogador em um conjunto de empreendimentos comerciais globais), e assim por diante, a cultura popular, a comida e os símbolos de *status* dos Estados Unidos são onipresentes" (HUNTER; YATES, 2004, p. 360).

Figura 8 - O que anda nas cabeças, anda nas mentes?
Foto de Rogério Reis. Rio de Janeiro, 1997 (Agência Tyba).

Com o avanço da mundialização ou globalização, passou-se a indagar se essa indústria cultural, no seu sentido amplo como o apresentado acima, seria capaz de eliminar as diferenças em todos os cantos do mundo e se nenhuma reação regional ou local seria possível frente à imposição de sua presença.

Ao ser perguntado sobre essa americanização do mundo, o historiador inglês Eric Hobsbawm responderia que, como a cultura popular possui uma maior capacidade de assimilar de traços de distintas tradições e de ser compartilhada com um número maior de pessoas do que a cultura erudita, seria possível verificar, na circulação mundial, a combinação de amplo sincretismo, que representaria também a forma mais razoável de reação à uniformização. Um exemplo seriam os filmes de *kung fu* produzidos em Hong Kong, que misturam a forma dos *westerns* com a tradição oriental. "Dessa maneira, há um desenvolvimento e uma integração de inúmeras variantes locais da cultura global, e não um conflito entre elas".

Para Hobsbawm (2000b, p. 135), a globalização nunca será completa devido às barreiras que se interpõem a tal ambição, particularmente a da língua. Essa também é a análise mais convincente para outro historiador inglês, Peter Burke, que aposta na reconfiguração das culturas, numa "crioulização do mundo". Segundo Burke (2006), os que apostam numa homogeneização esquecem-se de alargar suas vistas para a criatividade da recepção e da reordenação local das culturas globalizadas pelo hibridismo.

Parece que essa é uma posição hegemônica na atualidade, com variações. Diversos analistas da globalização sustentam que a cultura global se configura pela diversidade, e não por uma homogeneização de sistemas de significados e de expressões. Arjun Appadurai é um dos principais defensores dessa visão da cultura nacional, criticando os que deixam de perceber que "tão logo as forças provenientes de várias metrópoles são constituídas em novas associações, elas tendem a ser indigenizadas de uma ou de outra forma: isto é verdadeiro em relação à música e aos estilos das habitações, tanto quanto para o caso das ciências e do terrorismo, dos espetáculos e das constituições" (APPADURAI, 1999, p. 311).[7]

Nessa perspectiva, a globalização obrigaria um número grande de pessoas a se envolver com outras culturas. O mundo se transformou numa rede de relações sociais que entrelaça fluxos de significados, pessoas e mercadorias. O antropólogo Ulf Hannerz considera que a cultura mundial é criada através de uma crescente intensificação do entrelaçamento de culturas locais diversificadas, bem como através do desenvolvimento de culturas sem uma localização territorial nítida, como as transnacionais e globais (HANNERZ, p. 251-253). Com isso, Hannerz não abandona a abordagem da cultura mundial através do relacionamento centro e periferia.

---

[7] Sobre a hegemonia dessa versão da globalização cultural, ver também WARNIER (2003) e HANNERZ (1999).

As culturas transnacionais, assim como as territoriais, são marcadas por alguma cultura nacional a partir da qual são produzidas ou retiram seus significados mais densos. Muitas dessas culturas transnacionais "são, de forma diferente, extensões ou transformações das culturas da Europa Ocidental e da América do Norte" (p. 259). Portanto, possuem aí seu centro.

O problema que se abre nessa interação e tensão entre culturas transnacionais e territoriais é a forma da nova configuração cultural da globalização, ou seja, o espaço dado à cultura territorial nessas fusões.

De forma bem diferente, Appadurai sustenta que os modelos de centro e periferia, produtores e consumidores, não dão conta da nova economia da cultura global que pertence ao chamado "capitalismo desorganizado", composto por uma ordem disjuntiva, superposta e complexa. O aspecto central da cultura global é a política do esforço mútuo da igualdade e da diferença. A globalização tende ao universal através de seus elementos de propagação, mas não elimina a cultura local, onde é absorvida para ser repatriada como num diálogo heterogêneo. Na interação do fluxo global com a cultura local, o Estado ainda ocupa o lugar de árbitro regulador da maior ou menor abertura às diferenças (APPADURAI, p. 311-324).

No nosso entender, ainda que a fusão do local ao fluxo cultural globalizado gere um novo produto, seus elementos não deixam de possuir uma origem geográfica, como na bossa-nova brasileira, que mescla o jazz norte-americano com o samba-canção. Outras fusões globais podem ocorrer com a adaptação de um veículo externo, como o rock norte-americano, que pode ser moldado por elementos locais, mas não se alterando estruturalmente nem parindo um novo produto cultural diferenciado. É difícil, portanto, saber o que o fluxo globalizado cria de diferença e o que uniformiza.

O etnólogo Jean-Pierre Warnier distingue a cultura de massa globalizada e a cultura-tradição, que é fruto de uma sociedade geograficamente situada e enraizada num passado compartilhado por uma comunidade, que a transmite entre gerações até o presente. Enquanto isso, os produtos culturais de massa são aqueles que se destinam ao consumo efêmero, que é fomentado incessantemente pela indústria de alta tecnologia. A cultura de massa não deixa de ter no seu âmago uma cultura-tradição, ainda que dotada de uma potência de difusão planetária pela indústria cultural.

Warnier, ao tratar do problema da erosão das culturas singulares pela globalização, considera que a humanidade sempre foi uma fábrica de produzir diferenças. Essas clivagens culturais possibilitam a permanência da cultura-tradição, localizadas geograficamente, que preenchem uma função de identificador cultural para indivíduos e coletividades no mundo. Essas culturas se transformam criando novas tradições ou diferenciações. O mercado mundializa objetos e condutas, enquanto abastece as sociedades de novidades, que são matéria para novas diferenças e novas identidades.

Na atualidade não podemos viver sem as indústrias da cultura, confessa Warnier. A cultura mundial é cada vez mais o produto de mestiçagens múltiplas, mas ainda se ressente de identidades amplas e edificadoras de orientações, como no ideário iluminista. A fragmentação cultural tem desqualificado os movimentos coletivos da sociedade civil e encontrado reação nos idealizadores do passado, através da xenofobia e da recusa à alteridade (WARNIER, p. 166-168). O abalo das culturas tradicionais leva ao narcisismo localista, às vezes acompanhado da violência contra o Outro (BURKE, 2006, p. 104-105).

Aparentemente, a mestiçagem cultural se reveste de um caráter democrático e universalista, integrando diferentes culturas ao ocidentalismo, já que o fluxo hegemônico da globalização parte das sociedades mais avançadas do capitalismo. De maneira diametralmente oposta às versões que vimos acima, estão o sociólogo francês Pierre Bourdieu e o norte-americano

Fredric Jameson, que localizam na dominação da mídia pelos grandes grupos do capital norte-americano, uma mundialização dos padrões culturais originários particularmente dos Estados Unidos, que tende à uniformização das culturas pelo poder de mercado.

Numa comunicação em 2000, Bourdieu acusou a globalização cultural de um falso universalismo sem limites, de uma espécie de ecumenismo que encontra suas justificativas na difusão universal de estilos de vida popular e de fácil acesso, como os filmes hollywoodianos, os jeans, o rock, rap, as *soap operas*, hambúrguer, a coca-cola, os *best-sellers*. A cultura da globalização é a da lógica de mercado, que se reproduz com a intenção de alcançar o maior público possível. Os seus fins são de otimização dos lucros, colocando de lado os projetos culturais inadequados às sondagens de mercado. É a própria liberdade de criação intelectual que está em jogo. O poder quase absoluto dos grandes grupos de comunicação sobre os instrumentos de produção e difusão de bens culturais desmente a mitologia da diferenciação e da diversificação extraordinária dos produtos culturais da globalização. A uniformização da oferta, tanto em escala nacional como internacional, e a concorrência longe de diversificarem, homogeneízam. É "a caça ao público máximo levando os produtores a buscar produtos *válidos para públicos de todos os meios e de todos os países*, porque pouco diferenciados e diferenciantes [...]" (BOURDIEU, 2001, p. 80-97).

A posição de Fredric Jameson não está distante da de Bourdieu. Jameson (2001, p. 43-72) acredita que o universalismo multiculturalista da globalização é obscurecido pela outra face da concentração econômica da mídia, que concorre para a americanização das culturas. O multiculturalismo convive com a tendência de uniformização, como numa antinomia, aparentemente sem se anularem. No entanto, a tendência de estandardização é forte e tende a absorver o multiculturalismo como um toque exótico na americanização mundial.

Nesse ponto, Stuart Hall, considera que o pós-modernismo globalizado nutre uma profunda e ambivalente fascinação pelas diferenças sexuais, raciais, culturais e, sobretudo, étnicas. "Não há nada que o pós-modernismo global mais adore do que um certo tipo de diferença: um toque de etnicidade, um 'sabor' do exótico..." (2003, p. 337). Hall sugere que devamos nos indagar se essa proliferação da diferença faz realmente diferença.

A cultura popular tem se tornado a forma dominante da cultura global e de mercadoria da indústria cultural. Stuart Hall reconhece que os espaços verdadeiros de diferença cultural são marginalizados e limitados. Sofrem de subfinanciamento, cooptação e são regulados. E, para escapar da invisibilidade para o público, é exigido o preço da cooptação aos modelos culturais do mercado, numa "espécie de visibilidade cuidadosamente regulada e segregada" (ORTIZ, 2003, p. 339). Concordamos com Hall, que entende a globalização como uma luta pela hegemonia e que ela nunca é uma questão de dominação total ou pura, ou seja, um jogo de perde-ganha. O sistema cultural globalizado se baseia na configuração do poder nas relações culturais, em que Hall acredita haver brechas capazes de efetuar diferenças e alterar as disposições desse equilíbrio de poder.

Para Hall, a cultura popular no mundo moderno está destinada a ser contraditória, e nem se deixa captar por oposições binárias de uso habitual: alto/baixo, resistência/cooptação, autêntico/inautêntico, oposição/homogeneização.

Não existem formas puras na cultura popular; há adaptações, sincronizações parciais em espaços mistos, contraditórios e híbridos. A cultura popular não é a recuperação de algo puro que se perdeu, uma verdadeira identidade. É frequentemente um espaço mercantilizado e estereotipado, ameaçado pela cooptação ou exclusão. Nas palavras de Hall (2003, p. 341), a cultura popular

[...] é o espaço de homogeneização em que os estereótipos e as fórmulas processam sem compaixão o material e as experiências que ela traz para dentro da sua rede, espaço em que o controle sobre narrativas e representações passa para as mãos das burocracias culturais estabelecidas às vezes até sem resistência.

Quando se aproximava do nível econômico, de acordo com Jamenson, o cultural se transforma em mercadoria e o consumismo em ideologia que ativa a expansão do *american way of life* pelo planeta. A indústria cultural, assim como o *agribusiness* e os armamentos são as principais exportações norte-americanas, fontes de grandes lucros. A política comercial externa norte-americana tem assimilado essa compreensão lucrativa da cultura e defendido com intransigência a liberação dos mercados de entretenimento nas negociações internacionais, como o GATT, substituído pela Organização Mundial do Comércio (OMC) em 1995, e nos acordos de unificação de mercados do NAFTA, com o México e Canadá. A OMC conseguiu impor sua visão comercial da cultura ao destituir a Unesco de desempenhar o papel de mediador nas políticas culturais. O êxito dessa pressão liberalizante fez fracassarem no México e na Argentina as legislações em apoio ao cinema nacional.

Algumas reações ao expansionismo cultural norte-americano têm sido esboçadas por governos como o da França, que adotou quotas para o cinema francês e tenta resistir à americanização da língua nacional.

A falência do cinema independente e de temas políticos e sociais no mundo não deixa de ser um reflexo da escassez de alternativas frente ao triunfo do cinema hollywoodiano. Um rápido panorama estatístico do cinema mundial pelo *Relatório das Nações Unidas de 1999* nos permite concluir que a indústria de entretenimento dos Estados Unidos é uma das mais lucrativas de suas exportações. Segundo a ONU, as vendas de Hollywood no mercado externo em 1997 obtiveram mais de 30 bilhões de dólares, que representam mais de 50% de suas receitas. No ano anterior, a indústria cinematográfica norte-americana dominara 70% do mercado europeu, 83% do mercado latino-americano e 50% do mercado japonês. Em contrapartida, os filmes estrangeiros só conquistam 3% de seu mercado cinéfilo (ONU, 1999).

Explicar essa hegemonia cultural não é tão simples nem pode ser vista apenas pelas estatísticas que citamos. Para Renato Ortiz, o processo de mundialização cultural encerra uma estética universalizante que rebaixa as manifestações marcadamente nacionais ou regionais a certo provincianismo incongruente com a realidade do mercado global. Existe um apelo para uma cultura jovem que se associa a um modo de vida massificado. O controle dos meios de comunicação consagra um universalismo do gosto, que na realidade marginaliza a identidade nacional. Essa sintonia com os símbolos mundializados cria um conjunto de valores imaginados como superiores às manifestações culturais desglobalizadas (ORTIZ, 2003, p. 183-215).

No entanto, Néstor Canclini e George Yúdice, ambos defensores da vitalidade cultural da América Latina dentro da cultura de massa, ressaltam a penetração da indústria local latina na cultura globalizada, como uma reversão do fluxo cultural mundial, da periferia para os centros, em alguns exemplos de mercadorias culturais.

O mercado globalizado entra na análise de Canclini através da indagação sobre o que é incapaz de oferecer aos seus consumidores. Num livro talvez menos otimista sobre o multiculturalismo pós-moderno, passada a sua primeira onda irresistível, Canclini tenta um balanço das deficiências da globalização cultural. Aqui temos a consciência de que o mercado não pode sedimentar tradições culturais dada a rápida obsolescência de seus produtos. Não cria identidades de sentido, pois seus limites são os da formalidade do consumo, da satisfação ou frustração, e da rentabilidade. Embora a globalização busque uma interculturalidade, as misturas entre culturas costumam ser apresentadas como "reconciliações" ou "equalizações", concorrendo mais para encobrir os conflitos do que para elaborá-los. As versões simplificadas do multiculturalismo estão representadas na variedade do repertório na música, exposições de arte, espetáculos olímpicos e esportivos, num *zapping* pela TV a cabo, que nos permite o contato rápido com inúmeras culturas, numa ilusão de que todo o repertório do mundo pode ser acessado a qualquer momento de forma pacífica e compreensível.

Essa hibridização, que domestica os elementos das culturas consideradas exóticas, recebe de Canclini (2001, p. 185) o nome "equalização".

> Concebida como um recurso do gosto ocidental, a equalização torna-se uma técnica de hibridação tranqüilizadora, de redução dos pontos de atrito de estéticas musicais diversas e dos desafios que as culturas incompreendidas comportam. Sob a aparência de uma convivência amável entre elas, simula-se a proximidade do outro sem a preocupação de entendê-lo. Como o turismo apressado, como tantas superproduções cinematográficas transnacionais, a equalização é muitas vezes uma tentativa de climatização monológica, ocultamento das diferenças que não se deixam dissolver.

Canclini mantém a esperança de uma hibridação abrangente, que pode se enriquecer de diversos patrimônios históricos e funcionar como via para compreensão entre sociedades estrangeiras, evitando o fundamentalismo e a intolerância cultural. A independência dos artistas produtores ocupa um importante papel de resistência à globalização equalizadora e fugaz.

De qualquer maneira, a história da globalização está no seu início e, apesar da retórica unificadora, a centralização da produção cultural e as diferenças de acesso à rede de produção e difusão ainda criam exclusões na periferia mundial. A geografia da globalização ainda não gerou um mundo homogêneo, sem centros e margens. Essa lógica da desigualdade revitaliza as produções artesanais regionais dos excluídos diante do fluxo globalizado.

Mas se nosso olhar novamente se voltar para os dados econômicos, as chances de resistência aparentarão ser mínimas dentro da indústria cultural. Os lucros do setor de audiovisuais giram em torno de 300 bilhões de dólares ao ano, algo equivalente ao PIB da Áustria ou da Noruega, e quase a metade do brasileiro em 2005. No mercado fonográfico, o faturamento em 1996 foi de 40 bilhões, e 90% desse montante ficaram em mãos das cinco *majors*: BMG, EMI, Sony, Warner e Poligram Universal. Poderíamos acrescentar a difusão não contabilizada dos produtos piratas e das cópias "gratuitas" que as novas tecnologias permitem, com auxílio da internet, como mais um argumento de seu poder irresistível. Na partilha dos lucros do mercado audiovisual, as empresas americanas abocanham 55% do total, seguidas por 25% das europeias, 15% das asiáticas e 5% dos países ibero-americanos (CANCLINI, 2001, p. 145).

Na balança desse comércio, a predominância norte-americana é inconteste. Os *royalties* pagos pelos países latino-americanos no setor audiovisual em 1997 superavam 2,3 bilhões de dólares, e as exportações alcançavam apenas 218 milhões de dólares. O México, um importante produtor latino, gastou 100 dólares para cada 13 dólares exportados nas transações com os EUA. No panorama geral dos audiovisuais na América Latina, os Estados Unidos fornecem 85,8% desse material. Afora os Estados Unidos, apenas a produção televisiva de dois países, Brasil e México, consegue equilibrar seus intercâmbios com a Europa. Mas, de modo geral, a programação televisiva da América Latina e de outros países é quase totalmente dominada pela produção norte-americana.

Naquele ano, os europeus arcaram com um déficit de 5,6 bilhões de dólares em videocultura com os EUA.

Um dos poucos exemplos destoante é a indústria fonográfica no Brasil. A América Latina movimenta cerca de 2,5 bilhões de dólares anuais nesse ramo, dos quais 56% são de transações efetuadas no Brasil.

Um detalhe excepcional desse mercado na América Latina é o fato de que no Brasil, na Argentina e no México a produção musical é majoritariamente de artistas nacionais, em cerca de 60%. A queda do consumo de rock nos últimos dez anos foi de 65 a 32% na região, e a ampliação da audiência de música latina nos países latino-americanos e nos Estados Unidos dá a impressão da continuidade dessa tendência (CANCLINI, 2001, p. 147-148). Mas não devemos esquecer que a produção e a distribuição do setor estão 80% sob controle das mesmas cinco *majors* multinacionais. Para Jameson, essa exceção não altera em nada a concentração homogeneizadora em torno da exportação do *american way life* pela mídia mundial (JAMESON, 2001, p. 63-64). Sem dúvida, mas nos indica que essa padronização norte-americana enfrenta barreiras culturais de difícil dissolução.

Essa excepcionalidade fez com que Miami centralizasse a produção de fonogramas e videogramas para o mercado latino-americano, empregando dez mil pessoas na indústria de entretenimento latino. Conforme informações de George Yúdice (1999), nela "metade do capital e mais de 80% do talento e da mão de obra são de latinos-americanos e norte-americanos latinos".

Para Canclini, essa transformação de Miami como capital cultural da América Latina demonstra um novo modo de interagir nesse mercado, relacionando os repertórios anglo-saxões e latinos, em vez da imposição da cultura norte-americana. Mas não se trata de uma simetria entre culturas; a diferença regional passa por uma "pasteurização" ou "ressemantização", da qual os traços locais mais insolúveis são retirados, e o resultado descontextualizado, para se tornar compreensível nas diversas partes do planeta e rotulado de *world-music*.

Concluindo com Canclini, a tensão entre a globalização e a cultura regional, administrada pelas metrópoles e obediente a regras mercadológicas

> [...] acentua a assimetria entre produção e consumo, entre metrópoles e periferias e, ao mesmo tempo que fomenta a inovação e a diversidade cultural, impõe limites segundo as exigências da ampliação de mercados. (CANCLINI, 2001, p. 150)

Ainda mais preocupante do que a "pasteurização" das diferenças regionais na cultura globalizada, que, de alguma forma abre uma brecha para a diversidade, é o espaço cada vez mais restrito para a crítica e o risco da inovação, quando as sondagens de consumo e a visão tecnocrata dos produtores sinalizam para o lucro fácil e a maior abrangência de mercados.

Conclusões

Ao longo desse texto tentamos historiar um dos conceitos mais imprecisos para o historiador: o conceito de região. Acreditamos que as discussões levadas por inúmeros estudiosos não eliminaram as inconsistências em sua delimitação. É claro que se trata de um conceito aberto, que a prática do historiador quase sempre o deixou ao abandono de maior aprofundamento teórico, substituindo-o pela referência administrativa dos fundos documentais que manipula, sem problematizá-lo.

Pensar a região em que se insere o objeto a ser analisado é fundamental para qualquer pesquisa social. Mesmo que sejam insatisfatórias as tentativas para se precisar uma região, ainda assim, é necessário fazê-las e justificá-las conforme a abordagem do tema escolhido. Pudemos verificar que a cada característica analisada de um objeto temos um provável recorte regional correspondente, seja socioeconômico, seja político ou cultural, ainda que possa ser sempre colocado em questionamento.

Vimos também que a dimensão temporal pode trazer armadilhas para o pesquisador que estabelece uma delimitação regional imutável, assentada na geografia administrativa, numa região natural ou qualquer outro critério excluído de sua dinâmica territorial. Essa preocupação se torna ainda mais relevante quando estamos trabalhando com dados seriados de longa duração. Nesses casos, as séries temporais podem induzir o pesquisador a desconsiderar as mudanças de contexto histórico entre as informações, particularmente na análise comparativa entre dados de intervalos distantes em sua escala cronológica. Um exemplo disso é a falsa variação que se pode obter da relação entre a população por área dentro de uma divisão administrativa fixa, quando pode apenas se tratar de uma diminuição ou aumento do território jurídico ao longo do tempo, forçada pelos poderes públicos, e não da população.

As propostas da micro-história vêm somar novas preocupações e métodos para as monografias regionalizantes. Não deixa de ser uma reação a todo tipo de reducionismo, resgatando os aspectos culturais da organização do cotidiano, sem deixar de abarcar o maior número possível de variáveis que condicionam a ação social. As relações de poder estão no cerne de suas preocupações, em que a redução de escala pode tornar mais visível seus mecanismos sociais e falhas desse sistema de normas. Isso nos leva a pensar as relações de poder num espaço diminuto, sem perder de vista as interações entre poder local e central.

As fronteiras dos fenômenos culturais são bem mais complexas, pois são sempre mesclas que não podem ser contidas pelas fronteiras nacionais e, por isso mesmo, colocam em cheque abordagens territoriais fechadas nos aspectos geográficos ou econômicos. É necessário, inclusive, ampliar a escala de observação em estudos como o da mestiçagem colonial, cujo recorte precisa abranger o processo da colonização das Américas, que fundiu culturas dos diversos continentes.

Na atualidade, podemos verificar as tensões entre as características regionais e a globalização, numa relação conflituosa entre a assimilação cultural e o respeito à alteridade, ou seja, numa disputa entre a tendência padronizadora da globalização, com suas fusões culturais "equalizadoras", e a originalidade das culturas regionais. De qualquer forma, as fronteiras culturais são cada vez mais tênues num mundo em que a velocidade da informação parece não ter fim nem barreiras.

Porém, devemos nos precaver das mistificações e as projeções hipotéticas, que muitos analistas da globalização teimam em confundir com a realidade, sem que isso seja uma desconsideração com a vontade legítima de avisar seus semelhantes das possibilidades do porvir, como a desprezada Cassandra, deusa grega a quem ninguém dava crédito por suas profecias, embora se confirmassem.

Referências

ALGRANTI, L. M. *O feitor ausente*. Petrópolis: Vozes, 1988.

AMIN, S. O imperialismo, passado e presente. In: *Tempo*, Niterói: UFF, v. 9, n. 18, jan./jun. 2005, p. 77-123.

ANDERSON, P. *As origens da pós-modernidade*. Rio de Janeiro: Zahar, 1999.

ARRIGHI, G. *O longo século XX*. São Paulo: Unesp; Rio de Janeiro: Contraponto, 1996.

ASSADOURIAN, C. S. *El sistema de la economía colonial. Mercado interno, regiones y espacio económico*. Lima: Instituto de Estudios Peruanos, 1982.

ASSADOURIAN, C.S. Integración y desintegración regional en el espacio colonial. In: *Revista Latinoamericana de Estudios Urbanos Regionales*, Santiago do Chile, v. II, n. 4, mar. 1972.

AUGÉ, M. *Não-lugares: introdução a uma antropologia da supermodernidade*. São Paulo: Papirus, 1994.

AUGÉ, M. *O sentido dos outros*. Petrópolis: Vozes, 1999.

BACELLAR, C. A. P. *Viver e sobreviver em uma vila colonial*. São Paulo: Fapesp/Annablume, 2001.

BAGÚ, S. *Tiempo, realidade social y conocimiento*. 2. ed. Buenos Aires: Siglo XXI, 1973.

BAIROCH, P. Cidade/campo. In: *Enciclopédia Einaudi*. Lisboa: Imprensa Nacional/Casa da Moeda, v. 7, p. 256-276, 1986.

BALAKRISHNAN, G. (Org.). *Um mapa da questão nacional*. Rio de Janeiro: Contraponto, 2000.

BALIBAR, E.; WALLERSTEIN, I. *Race, nation, classe: les identités ambiguës*. Paris: Éditions la Découverte, 1988.

BARTH, F. *O guru, o iniciador e outras variações antropológicas*. Rio de Janeiro: Contra Capa, 2000.

BAUMAN, Z. *Globalização: as consequências humanas*. Rio de Janeiro: Zahar, 1999.

BENCHIMOL, J. L. *Pereira Passos: um Haussmann tropical.* Rio de Janeiro: Secretaria Municipal de Cultura, Turismo e Esportes, 1992.

BERGER, P. L.; HUNTINGTON, S. P. (Orgs.). *Muitas globalizações.* Rio de Janeiro: Record, 2004.

BERNABÉ, J.; CHAMOISEAU, P.; CONFIANT, R. *Éloge de la créolité.* Paris: Gallimard, 1989.

BLOCH, M. *La historia rural francesa: caracteres originales.* Barcelona: Crítica, 1978.

BOURDIEU, P. A cultura está em perigo. In: *Contrafogos 2.* Rio de Janeiro: Jorge Zahar, 2001. p. 80-97.

BOUTIER, J.; JULIA, D. (Orgs). *Passés recomposés: champs et chantiers de l'histoire.* Paris: Autrement, 1995.

BRAUDEL, F. *El Mediterráneo y el mundo mediterráneo en la época de Felipe II.* México: Fondo de Cultura Económica, 1981a.

BRAUDEL, F. *História e Ciências Sociais.* Lisboa: Editorial Presença, 1981b. p. 116-120.

BRAUDEL, F. *O tempo do mundo. Civilização material, economia e capitalismo, séculos XV-XVIII.* São Paulo: Martins Fontes, 1998. v. 3.

BRAUDEL, F. et al. *Fernand Braudel e a história. Chateauvallon/outubro 1985.* Lisboa: Teorema, 1987.

BRIGGS, A.; BURKE, P. *Uma história social da mídia.* Rio de Janeiro: Zahar, 2004.

BURKE, P. *A revolução francesa da historiografia: a Escola dos Annnales, 1929-1989.* São Paulo: Ed. UNESP, 1992.

BURKE, P. *Hibridismo cultural.* São Leopoldo: Unisinos, 2006.

BURKE, P. *O que é história cultural?* Rio de Janeiro: Zahar, 2005.

CANCLINI, N. G. *Culturas híbridas: estratégias para entrar y salir de la modernidad.* Buenos Aires: Paidós, 2001.

CANO, W. *Desequilíbrios regionais e concentração industrial no Brasil, 1930-1970.* São Paulo: Global; Campinas: Ed. Unicamp, 1985.

CARAVAGLIA, J. C. *Economia, sociedad y regiones.* Bueos Aires; Ed. de la Flor, 1987.

CARAVAGLIA, J. C. El mercado interno colonial a fines del siglo XVIII: México y el Perú. In: BONILLA, H. (Ed.). *El sistema colonial en la América Española.* Barcelona: Crítica, 1991.

CARAVAGLIA, J. C. *Mercado interno y economía colonial.* Cidade do México: Grijalbo, 1983.

CARAVAGLIA, J. C.; GROSSO, J. C. De Vera Cruz a Durango: un análisis regional de la Nueva Espana borbónica. In: *Siglo XIX, Revista de Historia*, ano II, n. 4, p. 9-52, jul./dic. 1987.

CARDOSO, C. F. *Um historiador fala de teoria e metodologia: ensaios*. Bauru: Edusc, 2005.

CASANOVA, P. G. O imperialismo, hoje. *Tempo*, Niterói: UFF, v. 9, n. 18, jan-jun, 2005.

CASTELLS, M. *Fim de milênio*. São Paulo: Paz e Terra, 1999.

CASTELLS, M. *La question urbaine*. Paris: Maspero, 1972.

CASTRO, H. M. M. Laços de família e direitos no final da escravidão. In: ALENCASTRO, L. F. (Org.). *História da vida privada no Brasil*, v. 2. São Paulo: Cia. das Letras, 1997.

CERTEAU, M. *A escrita da história*. Rio de Janeiro: Forense, 1982

CHARLE, C. A prosopografia ou biografia coletiva: balanço e perspectivas. In: HEINZ, F. M. (Org.). *Por outra história das elites*. Rio de Janeiro: FGV, 2006.

CHARTIER, R. *À beira da falésia: a história entre certezas e inquietude*. Porto Alegre: UFRGS, 2002.

CHESNAIS, F. *A mundialização do capital*. São Paulo: Xamã, 1996.

CHIARAMONTE, J. C *Mercaderes del litoral*. Buenos Aires: Fondo de Cultura Econômica, 1991.

COSTA, E. V. *Da monarquia à república: momentos decisivos*. 3. ed. São Paulo: Brasiliense, 1985.

CUNHA MATTOS, R. J. *Itinerário do Rio de Janeiro ao Pará e Maranhão pelas províncias de Minas Gerais e Goiás*. Belo Horizonte: ICAM, 2004.

D'ALESSIO, M. M. *Reflexões sobre o saber histórico: entrevistas com Pierre Vilar, Michel Vovelle, Madeleine Rebérioux*. São Paulo: Ed. UNESP, 1998.

DELEUZE, G.; GUATTARI, F. *Mil platôs: capitalismo e esquizofrenia*, v. 3. Rio de Janeiro: Ed. 34, 1996.

DENIS, M. L'approche régionale. In: BÉDARIDA, François (Dir.). *L'Histoire et le métier d'historien en France, 1945-1995*. Paris: Éditions de la Maison des sciences de l'homme, 1995. p. 187-200.

DIAS, M. O. S. A interiorização da metrópole (1808-1853). In: MOTA, C. G. (Org.). *1822: dimensões*. São Paulo: Perspectiva, 1972.

EAGLETON, T. *A idéia de cultura*. São Paulo: Ed. Unesp, 2005.

EAGLETON, T. *As ilusões do pós-modernismo*. Rio de Janeiro: Zahar, 1998.

FARIA, S. C. *A colônia em movimento*. Rio de Janeiro: Nova Fronteira, 1998.

FEATHERSTONE, M. (Org.). *Cultura global*. Petrópolis: Vozes, 1999.

FEBVRE, L. *Combates pela história*. v. 1. Lisboa: Presença, 1977.

FEBVRE, L. *La terre et l'evolution humaine*. Paris: Albin Michel, 1970.

FINLEY, H. I. *A economia antiga*. Lisboa: Afrontamento, 1980.

FONTANA, J. *História depois do fim da história*. São Paulo: EDUSC, 1998.

FOUCAULT, M. *Microfísica do poder.* Rio de Janeiro: Graal, 1979.

FRAGOSO, J. A formação da economia colonial no Rio de Janeiro e de sua primeira elite senhorial (séculos XVI e XVII). In: FRAGOSO, J.; BICALHO, M. F.; GOUVÊA, M. F. *O antigo regime nos trópicos.* Rio de Janeiro: Civilização Brasileira, 2001.

FRAGOSO, J. *Homens de grossa aventura.* Rio de Janeiro: Arquivo Nacional, 1992.

GINZBURG, C. *A micro-história e outros ensaios.* Lisboa: Difel; Rio de Janeiro: Bertrand Brasil, 1991.

GINZBURG, C. Micro-história: duas ou três coisas que sei a respeito: In: *O fio e os rastros.* São Paulo: Cia. das Letras, 2007.

GONÇALVES, R. *O nó econômico.* Rio de Janeiro: Record, 2003.

GOUBERT, P. História local. *Revista Arrabaldes,* Petrópolis, ano I, n. 1, maio/ago. 1988.

GRAÇA FILHO, A. A. *A princesa do oeste e o mito da decadência de Minas Gerais.* São Paulo: Annablume, 2002.

GRAÇA FILHO, A. A.; LIBBY, D. C. Reconstruindo a liberdade: alforrias e forros na freguesia de São José do Rio das Mortes, 1750-1850. *Vária História,* n. 30, 2003.

GRENDI, E. *Il cervo y la repblica.* Turin: Einaudi, 1993.

GRENDI, E. Repensar a micro-história? In: REVEL, J. (Org.). *Jogos de escalas: a experiência da micro-análise.* Rio de Janeiro: FGV, 1998.

GRUZINSKI, S. *Les quatre parties du monde:* histoire d'une mondialisation. Paris: Éditions de la Martinière, 2004.

GRUZINSKI, S. *O pensamento mestiço.* São Paulo: Cia. das Letras, 2001.

HABERMAS, J. Realizações e limites do estado nacional europeu. In: BALAKRISHNAN, G. (Org.). *Um mapa da questão nacional.* Rio de Janeiro: Contraponto, 2000.

HAHNER, J. E. *Pobreza e política.* Brasília: Edunb, 1993.

HALL, S. *A identidade cultural na pós-modernidade.* Rio de Janeiro: DP&A, 1998.

HALL, S. Culture, community, nation. *Cultural Studies,* London, n. 7, p. 349-363, 1993.

HALL, S. *Da diáspora: identidades e mediações culturais.* Belo Horizonte: UFMG, 2003.

HANNERZ, U. Cosmopolitas e locais na cultura global. In: FEATHERSTONE, M. (Org.). *Cultura global.* Petrópolis: Vozes, 1998. p. 251-259.

HANNERZ, U. Fluxos, fronteiras, híbridos; palavras-chave da antropologia transnacional. *Mana,* v. 3, n. 1, p. 7-39, 1997.

HARVEY, D. *Condição pós-moderna*. São Paulo: Loyola, 1992. p. 196-218.

HEINZ, F. M. (Org.). *Por outra história das elites*. Rio de Janeiro: FGV, 2006.

HERLIHY, D. Urbanización y cambio social. In: TOPOLSKY et al. *Historia económica: nuevos enfoques y nuevos problemas*. Barcelona: Crítica, 1981.

HOBERMAN, L. S.; SOCOLOW, S. M. *Ciudades y sociedad em Latinoamérica colonial*. Buenos Aires: Fondo de Cultura, 1986.

HOBSBAWM, E. Etnia e nacionalismo na Europa de hoje. In: BALAKRISHNAN, G. (Org.). *Um mapa da questão nacional*. Rio de Janeiro: Contraponto, 2000a.

HOBSBAWM, E. *Nações e nacionalismo desde 1780*. Rio de Janeiro: Paz e Terra, 1990.

HOBSBAWM, E. *O novo século*. São Paulo: Cia. das Letras, 2000b.

HUNTER, J. D.; YATES, J. Na vanguarda da globalização: o mundo dos globalizadores americanos. In: BERGER, P. L.; HUNTINGTON, S. P. (Orgs.). *Muitas globalizações*. Rio de Janeiro: Record, 2004.

IANNI, O. Globalização e nova ordem internacional. In: REIS FILHO, D. A. et. al. (Orgs.). *O século XX: o tempo das dúvidas*. Rio de Janeiro: Civilização Brasileira, 2000.

IGGERS, G. G. *La ciência histórica en el siglo XX: las tendencias actuales*. Barcelona: Idea Universitaria, 1998.

JAMESON, F. *A cultura do dinheiro: ensaios sobre a globalização*. Petrópolis: Vozes, 2001.

JAMESON, F. *A virada cultural: reflexões sobre o pós-moderno*. Rio de Janeiro: Civilização Brasileira, 2006.

JAMESON, F. *Pós-modernismo: a lógica cultural do capitalismo tardio*. São Paulo: Ática, 2002.

JANCSÓ, István (Org.). *Brasil: formação do estado e da nação*. São Paulo: Fapesp/Hucitec/Unijuí, 2003.

JANCSÓ, I.; PIMENTA, J. P. G. Peças de um mosaico (ou apontamentos para o estudo de emergência da identidade nacional brasileira). In: MOTA, C. G. (Org.). *Viagem incompleta: a experiência brasileira (1500-2000)*. 2 ed. São Paulo: Ed. Senac, 2000. p. 129-175.

JORNEY, C. Creolization. In: WILSON, C. R.; FERRIS, W. (Orgs.). *Encyclopedia of Southern Culture*. North Carolina: University of North Carolina Press, 1989.

LACOSTE, Y. *A geografia – Isso serve, em primeiro lugar, para fazer a guerra*. São Paulo: Papirus, 1988.

LE GOFF, J. Centro/periferia. In: LE GOFF, J.; SCHMITT, J.-C. *Dicionário temático do Ocidente Medieval*. Bauru: Edusc, 2006a.

LE GOFF, J. Cidade. In: LE GOFF, J.; SCHMITT, J.-C. *Dicionário temático do Ocidente Medieval*. Bauru: EDUSC, 2006b.

LE ROY LADURIE, E. *L'historien, le chiffre et le texte.* Paris: Fayard, 1997.

L'ESPACE GÉOGRAFIQUE. Paris, n. 2, 1986.

LEVI, G. Sobre a micro-história. In: BURKE, P. (Org.). *A escrita da História: novas perspectivas.* São Paulo: Ed. UNESP, 1992.

LEVI, G. Usos da biografia. In: FERREIRA, M. M.; AMADO, J. (Orgs.). *Usos e abusos da História oral.* 5. ed. Rio de Janeiro: FGV, 2002.

LIBBY, D. C. *Transformação e trabalho em uma economia escravista: Minas Gerais no século XIX.* São Paulo: Brasiliense, 1988.

LIMA, H. E. *A micro-história italiana: escalas, indícios e singularidades.* Rio de Janeiro: Civilização Brasileira, 2006.

LINHARES, M. Y. História agrária. In: CARDOSO, C. F.; VAINFAS, R. Rio de Janeiro: Campus, 1997.

LINHARES, M. Y. Subsistência e sistemas agrários na Colônia: uma discussão. *Estudos Econômicos,* n. 13, 1983.

LINHARES, M. Y.; SILVA, F. C. T. *História da agricultura brasileira.* São Paulo: Brasiliense, 1981.

LINHARES, M. Y.; SILVA, F. C. T. Região e História agrária. In: *Estudos históricos,* Rio de Janeiro, v. 8, n. 15, 1995.

LIPIETZ, A. *Le capital et son espace.* Paris: Maspero, 1977.

LOPES, A. S. *Desenvolvimento regional.* Lisboa: Fundação Calouste Gulbenkian, 1980.

LYOTARD, J.-F. *O pós-moderno.* Rio de Janeiro: José Olympio, 1988.

MANN, M. Estados nacionais na Europa e noutros continentes: diversificar, desenvolver, não morrer. In: BALAKRISHNAN, G. (Org.). *Um mapa da questão nacional.* Rio de Janeiro: Contraponto, 2000.

MARCÍLIO, M. L. *Crescimento demográfico e evolução agrária paulista, 1700-1836.* São Paulo: Edusp/Hucitec, 2000.

MARTINS FILHO, A. V. *Como escrever a história da sua cidade.* Belo Horizonte: ICAM, 2005.

MARTINS, M. C. S. Revisitando a província: comarcas, termos, distritos e população de Minas Gerais em 1833-35. In: CEDEPLAR. *20 anos do Seminário sobre a economia mineira, 1982-2002.* Belo Horizonte: UFMG/FACE/Cedeplar, 2002.

MARTINS, R. B. *Growing in silence: the slave economy of nineteenth-century Minas Gerais, Brazil.* Vanderbilt University,1980 (tese de doutorado).

MARX, K; ENGELS, F. *Sobre a Religião.* Lisboa: Ed. 70, 1976.

MATTELART, A. *A globalização da comunicação.* Bauru: EDUSC, 2000.

MATTELART, A. Intelectuais, comunicação e cultura: entre a gerência global e a recuperação da crítica. In MORAES, D. (Org). *Combates e utopias.* Rio de Janeiro: Record, 2004.

MATTOS, I. R. *O tempo saquarema.* São Paulo: Hucitec/INL, 1987.

MATTOSO, J. *A escrita da história: teoria e métodos.* Lisboa: Presença, 1997.

MATTOSO, K. M. Q. *Bahia: a cidade do Salvador e seu mercado no século XIX.* São Paulo: Hucitec; Salvador: Secretaria Municipal de Educação e Cultura, 1978.

MÉSZÁROS, I. *O século XXI: socialismo ou barbárie.* São Paulo: Boitempo, 2003.

MIGNOLO, W. D. *Histórias locais/projetos globais.* Belo Horizonte: Ed. UFMG, 2003.

MINTZ, S. W.; PRICE, R. *O nascimento da cultura afro-americana: uma perspective antropológica.* Rio de Janeiro: Pallas; Universidade Candido Mendes, 2003.

MOREIRA, R. *Para onde vai o pensamento geográfico?* São Paulo: Contexto, 2006.

NEEDELL, J. D. *Belle époque tropical.* São Paulo: Cia. das Letras, 1993.

NEGRI, A. *5 lições sobre Império.* Rio de Janeiro: DP& A, 2003.

NEGRI, A.; HARDT, M. *Império.* 5. ed. Rio de Janeiro: Record, 2003.

NOUSCHI, A. *Iniciação às ciências históricas.* Coimbra: Almedina, 1977.

OLIVEIRA, F. *Elegia para uma Re(li)gião.* Rio de Janeiro: Paz e Terra, 1981.

OLIVEIRA, M. R. O. *Negócios de famílias.* Bauru: EDUSC; Juiz de Fora: Funalfa, 2005.

ORGANIZAÇÃO DA NAÇÕES UNIDAS (ONU). *Relatório mundial sobre o desenvolvimento humano,* 1999.

ORTIZ, R. *Mundialização e cultura.* São Paulo: Brasiliense, 2003.

ORTIZ, R. *Um outro território: ensaios sobre a mundialização.* São Paulo: Olho d'Água, 1996.

PAIVA, C. A. *População e economia nas Minas Gerais do século XIX.* São Paulo: FFLCH/USP, 1996 (tese de doutorado).

PAIVA, C.; GODOY, M. M. Território de contrastes: economia e sociedade das Minas Gerais do século XIX. In: SILVA, F. C. T.; MATTOS, H. M.; FRAGOSO, J. (Orgs.). *Escritos sobre História e Educação: homenagem a Maria Yedda Leite Linhares.* Rio de Janeiro: Mauad/Faperj, 2001.

PAIVA, E. F. *Escravidão e universo cultural na Colônia.* Belo Horizonte: Ed. UFMG, 2001.

POPPER, K. *A miséria do historicismo.* São Paulo: Cultrix/Edusp, 1980.

REIS FILHO, N. G. *Evolução urbana do Brasil.* São Paulo: Pioneira/Edusp, 1968.

REVEL, J. *A invenção da sociedade.* Lisboa: Difel; Rio de Janeiro: Bertrand, 1989.

REVEL, J. (Org.). *Jogos de escalas: a experiência da microanálise.* Rio de Janeiro: FGV, 1998.

RIBEIRO, D. *Os índios e a civilização: a integração das populações indígenas no Brasil moderno.* São Paulo: Cia. das Letras, 1996.

RIBEIRO, G. S. *A liberdade em construção.* Rio de Janeiro: Relume Dumará/FAPERJ, 2002.

RONCAYOLO, M. Região. *Enciclopédia Einaudi.* Lisboa: Imprensa Nacional-Casa da Moeda, v. 8, p. 161-261, 1986.

SAINT-HILARIE, A. *Viagem às nascentes do rio São Francisco.* Belo Horizonte: Itatiaia, 1975.

SANTOS, M. *A natureza do espaço.* São Paulo: Edusp, 2006.

SERENI, E. *Capitalismo y mercado nacional.* Barcelona: Crítica, 1980.

SERNA, J.; PONS, A. *Como se escribe la microhistoria.* Madrid: Cátedra, 2000.

SEVCENKO, N. *A corrida para o século XXI.* São Paulo: Cia. das Letras, 2001.

SILVA, F. C. T.; LINHARES, M. Y. L. Região e História agrária. *Estudos Históricos*, Rio de Janeiro, v. 8, n. 15, 1995.

SILVEIRA, R. M. G. Região e História: questão de método. In: SILVA, M. A. (Org.). *República em migalhas: história regional e local.* São Paulo: Marco Zero/ANPUH, 1990. p. 17-42.

SIMIAND, F. Bases géografiques de la vie sociale. *L'ancée Sociologique*, t. XI, p. 723-732, 1906-1909.

SION, J. *Les paysans de la Normandie orientale. Pays de Caux, Bray, Vexin Normand, Vallée de la Saine.* Paris, 1909.

SOARES, M. C. *Devotos da cor.* Rio de Janeiro: Civilização Brasileira, 2000.

SOCOLOW, S. *Los mercadores del Buenos Aires virreinal: familia Y comercio.* Buenos Aires: Ed. de la Flor, 1991.

SOJA, E. W. *Geografias pós-modernas (a reafirmação do espaço na teoria social crítica).* Rio de Janeiro: Zahar, 1993.

STIGLITZ, J. E. *A globalização e seus malefícios.* São Paulo: Futura, 2002.

STONE, L. English and United States Local History. In: GILBERT, F.; GRAUBARD, S.R. *Historical Studies Today.* New York: W.W. Norton & Company, 1972.

TALAVERA, A. F. Tendências à globalização no Chile. In: BERGER, P. L.; HUNTINGTON, S. P. (Orgs.). *Muitas globalizações.* Rio de Janeiro: Record, 2004.

TODOROV, T. *Le nouveau désordre mondial: réflexions d'um européen.* Paris: Robert Laffont, 2003.

VAINFAS, R. *Micro-história: os protagonistas anônimos da História.* Rio de Janeiro: Campus, 2002.

VERDERY, K. Para onde vão a "nação" e o "nacionalismo". In: BALAKRISHNAN, G. (Org.). *Um mapa da questão nacional.* Rio de Janeiro: Contraponto, 2000.

VERGOPOULOS, K. *Globalização: o fim de um ciclo.* Rio de Janeiro: Contraponto, 2005.

VILAR, P. *Iniciación al vocabulario del análisis histórico.* Barcelona: Crítica, 1980.

VRIES, J. *A economia da Europa numa época de crise.* Lisboa: Dom Quixote, 1983.

WAIBEL, L. *Capítulos de geografia tropical e do Brasil.* Rio de Janeiro: IBGE, 1979.

WALLERSTEIN, I. A cultura como campo de batalha ideológico do sistema mundial moderno. In: FEATHERSTONE, M. (Org.). *Cultura global.* Petrópolis: Vozes, 1999. p. 41-68.

WALLERSTEIN, I. *Le capitalisme historique.* Paris: La Découverte, 2002.

WALLERSTEIN, I. et. al. *Uma nova fase do capitalismo?* São Paulo: Xamã, 2003.

WARNIER, J.-P. *A mundialização da cultura.* Bauru: EDUSC, 2003.

WEBER, M. *Economia y sociedad.* 2. ed. México: Fondo de Cultura Económica, 1964.

WOLFF, L.; CASTRO, C. M. Educação e treinamento: a tarefa à frente. In: KUCZYNSKI, P.-P.; WILLIAMSON, J. (Orgs.). *Depois do Consenso de Washington.* São Paulo: Saraiva, 2004.

WRIGLEY, E. A. *Gentes, ciudades y riqueza.* Barcelona: Crítica, 1992.

YÚDICE, G. La indústria de la música en la integración América Latina-Estados Unidos. In: CANCLINI, N. G.; MONETA, M. (Coords.). *Las industrias culturales em la integración latinoamericana.* Buenos Aires: eudeba; México: Grijalbo/SELA/UNESCO, 1999. p. 115-161.

YÚDICE, G. *Usos de La cultura en la era global.* Barcelona: Gedisa, 2003.

QUALQUER LIVRO DO NOSSO CATÁLOGO NÃO ENCONTRADO NAS LIVRARIAS PODE SER PEDIDO POR CARTA, FAX, TELEFONE OU PELA INTERNET.

✉ Rua Aimorés, 981, 8º andar – Funcionários
Belo Horizonte-MG – CEP 30140-071

📱 Tel: (31) 3222 6819
Fax: (31) 3224 6087
Televendas (gratuito): 0800 2831322

@ vendas@autenticaeditora.com.br
www.autenticaeditora.com.br

ESTE LIVRO FOI COMPOSTO COM TIPOGRAFIA MINION
E IMPRESSO EM PAPEL OFF SET 75 G NA FORMATO ARTES GRÁFICAS.
